ULLSTEIN

Das Buch

Nur einer der sechs hoffnungsvollen Erben, die sich am Vorabend auf Burg Crailsfelden versammelt haben, erlebt das Morgenlicht des nächsten Tages. Inzwischen hat er begreifen müssen, dass sie alle nur unter einem Vorwand hergelockt wurden, um einen grausigen Plan zu vollenden. Aber er weiß noch immer nicht, wer hinter den Morden steckt. Dann taucht der totgeglaubte Gastgeber wieder auf und die letzten Masken fallen. Nichts ist so, wie es schien, und der Mörder steht kurz vor seinem endgültigen Triumph ...

Der Autor

Wolfgang Hohlbein, 1953 in Weimar geboren, zählt zu Deutschlands erfolgreichsten Autoren fantastischer Unterhaltung. Seine Bücher haben inzwischen eine Gesamtauflage von über acht Millionen erreicht.

Von Wolfgang Hohlbein sind in unserem Hause bereits erschienen:
Die Chronik der Unsterblichen 1. Der Abgrund
Die Chronik der Unsterblichen 2. Der Vampir
Die Chronik der Unsterblichen 3. Der Todesstoß
Die Chronik der Unsterblichen 4. Der Untergang
Die Chronik der Unsterblichen 5. Die Wiederkehr
Nemesis – Band 1: Die Zeit vor Mitternacht
Nemesis – Band 2: Geisterstunde
Nemesis – Band 3: Alptraumzeit
Nemesis – Band 4: In dunkelster Nacht
Nemesis – Band 5: Die Stunde des Wolfs

Wolfgang Hohlbein

Nemesis

Band 6: Morgengrauen

Roman

Ullstein

Besuchen Sie uns im Internet:
www.ullstein-taschenbuch.de

Umwelthinweis:
Dieses Buch wurde auf chlor- und säurefreiem Papier gedruckt.

Originalausgabe im Ullstein Taschenbuch
1. Auflage Januar 2005
2. Auflage 2005

Umschlaggestaltung: Thomas Jarzina, Köln
Titelabbildung: Die Artillerie
Satz: Pinkuin Satz und Datentechnik, Berlin
Druck und Bindearbeiten: Ebner & Spiegel, Ulm
Printed in Germany
ISBN 3-548-25980-4

Dieses Mal träumte ich nicht. Natürlich nicht; schließlich war ich tot, wie ich meinte. Wohlige Dunkelheit hatte sich wie ein samtener Schleier über mein Bewusstsein gelegt, meine Sinne eingehüllt und damit begonnen, meine durch und durch von angenehmer Passivität erfüllte Seele zärtlich zu liebkosen. Ich hatte verloren, aber ich genoss meine Niederlage in vollen Zügen. Es heißt, man lebt nur einmal, was die meisten Menschen dazu motiviert, sich bis zum bitteren Ende an jedes Fitzelchen Leben zu klammern; ich war da keine Ausnahme gewesen. Aber dass man lediglich über ein Leben verfügte, bedeutete nicht zwangsläufig, dass es etwas ungemein Schönes und Wertvolles sein musste, das man um jeden Preis bis zum Erbrechen auskosten musste – schließlich bekam man auch nur einmal im Leben die Weisheitszähne gezogen …

Ich bemerkte, dass ich außergewöhnlich klar und sarkastisch denken konnte; eine Tatsache, die mich beunruhigte und den samtweichen Schleier zwar nicht vertrieb, aber irgendwie veränderte. Er begann, auf meinen Sinnen ein wenig zu kratzen. Vielleicht war ich doch nicht ganz so tot, wie ich angenommen hatte. Dass mein Vergleich eine der Situation unangemessene und durch und durch unangenehme Erinnerung in mir wachrief, bestärkte meinen Verdacht. Es musste noch ein wenig Leben in mir sein, dass ich mir die Erinnerung an das kalte Neonlicht aus drei Strahlern in einer runden weißen Plastikfassung dicht über meinem Gesicht so deutlich ins Bewusstsein zurückrufen und es fast bildlich vor meinen Augen sehen konnte. Ich hatte einen bitteren, irgendwie rostigen Geschmack im Mund und konnte die Stimmen des Zahnarztes und seiner Gehilfinnen hören, als läge ich tatsächlich wieder auf dem harten, verstellbaren Behandlungsstuhl. Ich verstand nicht, was sie sagten.

Vorsichtig öffnete ich die Augen einen winzigen Spaltbreit und blinzelte geblendet in das gleißende weiße Licht aus dem runden OP-Strahler, der tatsächlich dicht über mir leuchtete. Ich war nicht tot, stellte ich in einer Mischung aus Bedauern und mir selbst unerklärlicher Erleichterung fest. Aber ich lebte auch nicht wirklich. Meine Glieder fühlten sich schwer und klamm an, und in diesem Moment begannen meine Finger- und Zehenspitzen unangenehm zu kribbeln. Ich lag nicht auf einem Zahnarztstuhl, sondern auf etwas Glattem, Metallischem, an dem meine nasskalte Haut klebte, als sei sie mit unzähligen winzigen Lamellen ausgestattet, wie die Finger eines Geckos.

»Er ist aufgewacht«, drang eine fremde Männerstimme wie aus weiter Ferne an mein Ohr.

Ich wollte den Kopf in die Richtung drehen, aus der die Stimme gekommen war, schaffte es aber nicht. Mein Kopf fühlte sich an wie mit Blei ausgegossen und zusätzlich noch mit dicken Nieten an den Tisch fixiert, auf dem ich lag.

»Das kann nicht sein«, erwiderte jemand, der

direkt hinter mir stehen musste. »Mit dieser Dosis könnte man einen Elefanten schlafen legen.«

»Erhöhe die Dosis!« Das war wieder die erste Stimme. Sie klang verunsichert, aber entschlossen.

»Das ist –«

»Ich diskutiere nicht!« Die Verunsicherung war einem dominanten, keinen Widerspruch duldenden Tonfall gewichen, und die zweite Stimme erlaubte sich auch keinen weiteren Einwand. Stattdessen spürte ich, wie sich jemand an meinem linken Arm zu schaffen machte. Ich konnte mich noch immer nicht bewegen, schaffte es aber, die Augen unter großer Anstrengung nach links zu verdrehen und zumindest trotz verschleiertem Blick zu erkennen, was geschah. Eine schlanke Gestalt in einem grünen Operationskittel stand neben mir und hantierte mit etwas an meiner Armbeuge herum. Eine weitere in einem identischen, aber blutbespritzten Kittel hielt ein Skalpell zwischen den Fingern, die in hautengen Gummihandschuhen steckten. Mit einem Mal wich der Geschmack von rostigem Metall auf meiner Zunge, und ich spürte darauf nur noch einen bitteren, trockenen Pelz.

»Sein Herz!«, fuhr jemand auf. Es war die Stimme einer Frau. Ellens Stimme? Ich war mir nicht sicher. »Wir verlieren ihn!«, fluchte sie.

Ein kurzer, heftiger Schauer durchfuhr meinen Körper, dann schien irgendetwas in meiner Brust zu explodieren und mein Herz in Millionen und Abermillionen winziger, glühend heißer Splitter zu zersprengen. Ich fühlte, wie kalter Schweiß über mein Gesicht rann. Wo war ich? Was geschah hier mit mir?

Ich spürte Panik in mir aufsteigen. Hektisch und voll schrecklicher Ahnungen wanderte mein Blick über die Gesichter, von denen ich auf einmal umringt war und deren Augen hinter dünnen Masken verborgen waren.

Der Schuss ...! Plötzlich kehrten meine Erinnerungen an die letzten bewusst erlebten Sekunden vor meiner Bewusstlosigkeit, die ich für meinen Tod gehalten hatte, zurück. Carl hatte auf mich geschossen. Ob der Dicke mich getroffen hatte? Nein, das war vollkommen ausgeschlossen. Doch nicht Carl! Dazu war er gar nicht in der Lage. Er war einfach zu dumm dazu, und außerdem verfügten seine plumpen, fleischigen Finger wahrscheinlich gar nicht über genügend Kraft und Geschick, den Abzug zu drücken. Das musste ein Alptraum gewesen sein – einer der ganz besonders miserablen Sorte, der auf mein Selbstbewusstsein, mein Ego abzielte. Ganz bestimmt. Nein, Carl hatte mich bestimmt nicht niedergeschossen.

Aber was war dann passiert?

»Sehen Sie mal, er lächelt«, erklang die Frauenstimme wieder.

Redete sie über mich? Das war nicht möglich. Ich hatte nicht gelächelt. Selbst wenn ich gewollt hätte und ein Grund dazu bestanden hätte, hätte ich es nicht gekonnt. Ich verfügte nicht einmal über einen Ansatz von Kontrolle über meine Gesichtsmuskeln.

»Er ist nicht wirklich bei Bewusstsein«, antwortete die Stimme, die nicht wollte, dass man mit ihr diskutierte, trocken. »Sonst würde er nicht lächeln.«

»Warum haben Sie die Kugel nicht entfernt?«, fragte die Frau, die ich für Ellen hielt.

Sie sprach nicht über mich. Ich hatte nicht gelächelt, und ich war auch nicht von einer Kugel getroffen worden. Vielleicht war ich fast gestorben, aber es musste ein Heldentod gewesen sein, kein dermaßen unrühmlicher Abgang. Vielleicht lag noch jemand vor oder hinter mir? Ob ich dem Wirt die Waffe entrissen und ihn seinerseits niedergestreckt hatte? So musste es gewesen sein. Schließlich hatte er auf Judith gezielt – wahrscheinlich hatte ich jegliche Kontrolle über mich verloren. Verzweifelt versuchte ich mich vollständig zu erinnern.

»Wir sollten ihn nur stabilisieren«, antwortete der Fremde, der angeblich Erfahrung im Betäuben von Elefanten hatte. »Sie haben doch die Computertomographie gesehen. Es ist ein Wunder, dass er überhaupt noch lebt mit diesem Tumor. Aber der Professor wünscht noch einmal mit ihm zu sprechen. Wir müssen ihm also nur noch ein paar Stunden verschaffen. Alles andere ist ohnehin vergebliche Liebesmüh.«

Ein Professor, der mit Carl reden wollte? Machten Politiker Wahlkampf in Fixerstuben? Computertomographie? Der Wirt war eine einzige dicke Geschwulst – wo wollte man da anfangen, ihn zu durchleuchten?

Sie redeten also doch über mich, verdammt noch mal! In meiner Verzweiflung zog ich dergleichen schwachsinnige Gedanken dem Blick auf die Wahrheit vor. Der Wirt hatte mich niedergeschossen, und ich war allein in einem Raum voller Ärzte und Schwestern, die irgendetwas mit mir gemacht hatten, von dem ich mir nicht vorstellen wollte, was es gewesen war. Ich fühlte mich wie im Schlaf von Außerirdischen entführt, in ein Ufo verschleppt und zu irgendwelchen Forschungszwecken an der menschlichen Spezies missbraucht. Aber sicher war das alles nur ein schrecklicher Alptraum, und vielleicht konnte ich eines Tages ein gutes Buch darüber schreiben, wenn ich mich bemühte, den Tatsachen meines Traums jetzt ins Auge zu sehen. Ich hoffte allerdings, dass er möglichst schnell vorüberging.

Der bittere Geschmack auf meiner Zunge wurde intensiver. Hätte ich Zugriff auf meine Mimik gehabt, hätte ich eine angewiderte Grimasse gezogen. Ich fühlte, wie meine Augenlider nun in rasender Geschwindigkeit noch schwerer wurden, als sie sich bislang ohnehin schon angefühlt hatten, und wie das bisschen Kraft, das ich aufgebracht hatte, um die Augen offen zu halten, zügig von mir wich. Die maskierten Gesichter, die sich über mich gebeugt hatten, verschwammen.

Ich schlitterte von einem Alptraum in den nächsten.

Ich befand mich am Anfang eines Tunnels, aber ich war nicht allein. Miriam war bei mir. Das zierliche, dunkelhaarige Mädchen hatte die Fäuste in die Hüften gestemmt und blickte mich kopfschüttelnd an.

»Du darfst nicht mitkommen«, sagte sie und machte eine abwehrende Geste. Aber ich wollte mit ihr gehen, diesen seltsamen Tunnel mit ihr beschreiten. Was auch immer an seinem Ende auf uns wartete, mochte etwas Schreckliches sein, doch

nichts war schlimmer für mich, als allein hier zurückzubleiben. Allein, ohne Miriam.

Mein Blick schweifte an ihr vorbei durch die Dunkelheit des finsteren Gangs, und das Bild vor meinen Augen begann sich zu verändern. Die schwarzen steinernen Mauern verwandelten sich in glänzenden Stoff, die Wände zogen sich dichter zusammen und die Decke schien sich ein Stück weit zu senken. Als ich Miriam erschrocken wieder ansah, hatte auch sie sich verändert: Auf einmal stand sie nicht mehr vor mir, sondern lag mehrere Meter weit unter mir, und ich hatte meinen Oberkörper weit vorgebeugt, um sie besser sehen zu können. Die weiche Haut ihres bildhübschen Gesichts war bleich wie eine Totenkerze, ihre Augen waren geschlossen, ihre Hände auf der Brust gefaltet. Miriam lag auf dem Grund einer Grube, in einem offenen Sarg. Rings um die Grube herum lagen Blumen verstreut. Einige rote Blütenblätter waren auf ihren zierlichen Körper hinabgesegelt und hafteten nun wie dunkles Blut auf ihrem weißen Leichenhemd.

Ich war nicht mehr allein mit ihr. Männer und Frauen in dunklen Kleidern hatten sich um ihr Grab herum versammelt, von überall her drang halb ersticktes Weinen und leises Schluchzen zu mir. Ich fühlte, dass meine Wangen und auch der Kragen des dunklen Hemdes, das ich trug, feucht waren. Auch ich hatte geweint, weinte immer noch. Ich wollte schreien, ihren Namen rufen, in die Grube zu ihr hinabspringen, sie an mich drücken und mit ihr darauf warten, dass sich der Sargdeckel über uns schloss. Ich bemühte mich nicht, gegen das Bedürfnis anzukämpfen, Miriam in den Tod zu folgen, mich mit ihr von all den fremden Menschen, die mich umringten, begraben zu lassen, aber eine fremde Macht ergriff Besitz von meinen Gliedern und trug mich fort von der Grube, an den Rand der Trauergemeinde, wo ich verharrte und abwartete, bis der Pfarrer seine Rede beendet hatte.

Der Pfarrer?

Nein. Das war kein Geistlicher, der am oberen Ende des Grabes stand. Er machte eher den Eindruck, auf die Trauergäste einzureden, als dass er eine christliche, respektvolle Rede über das tote Kind hielt. Er trug nicht die Kleider eines Kirchenmannes, sondern den teuren Anzug eines wohlhabenden Herrn, und aus seiner Stimme klang keine Trauer, sondern lediglich eine Spur von Bedauern. Es schien eher ihm selbst als dem Kind oder den Anwesenden zu gelten. Ich verstand seine Worte nicht, aber ich hörte auch nicht ein einziges Mal die Erwähnung ihres Namens. Miriam. Meine Miriam. War sie wirklich tot?

Nein! Sie konnte, sie durfte nicht tot sein. Mein Blick wanderte verzweifelt suchend durch die Menge der Trauernden. Sie musste hier irgendwo sein. Gleich würde sie aus der Gruppe heraustreten, nach meiner Hand greifen und sich an mich schmiegen. Doch der Anstand, den unsere Eltern uns mit auf den Weg gegeben hatten, nötigte uns, der Rede dieses Mannes zu lauschen, der über irgendjemanden oder irgendetwas sprach, aber ganz bestimmt nicht über Miriam.

Tatsächlich bildete sich auch im nächsten Mo-

ment eine Schneise zwischen den Dunkelgekleideten, als diese einen Schritt beiseite traten. Aber Miriam kam nicht. Stattdessen passierte eine schlanke, hochgewachsene Gestalt den frei gewordenen Weg zwischen den Trauernden. Der Mann ging nicht mit gesenktem Kopf. Aber ich glaubte, zumindest eine Spur von Schmerz in seinen Zügen zu erkennen. Es war kein Geistlicher.

Es war Professor Sänger.

Unmittelbar vor mir blieb er stehen, streckte die Hand nach meiner Schulter aus und lächelte ein knappes, unehrlich wirkendes Lächeln. »Du warst dabei«, sagte er leise, »aber es war nicht deine Schuld. Du hast alles richtig gemacht.«

Dann nickte er mir kurz zu, ging weiter und ließ mich allein mit meinem Schmerz, meiner Trauer und der Gewissheit, dass ich kein Recht auf einen Platz außerhalb der Grube hatte, in der Miriams toter Körper lag.

Ich empfand den physischen Schmerz, zu dem ich aus meinem Alptraum erwachte, nahezu als Erlösung, obgleich die Verkrampfung meiner Muskeln, das Brennen in meiner Schulter und das Pochen in meinem Kopf heftig genug waren, dass ich die Augen mit einem leidvollen Stöhnen aufschlug. Das Erste, worauf ich meinen wie von einem milchigen Schleier getrübten Blick richtete, war ich selbst. Ich lag auf einer harten, mit gräulichem Leder bespannten Bahre. Meinen Kopf hatte man auf ein weißes Kissen gebettet, eine Zudecke gab es nicht, und ich fror in dem dünnen, blütenweißen Engelhemdchen, das nebst einem Paar durchscheinender

Strümpfe, die mir bis zu den Oberschenkeln reichten, das Einzige war, was ich trug.

Thrombosestrümpfe? Das erste und zugleich letzte Mal, dass ich in Thrombosestrümpfen aufgewacht war, hatte ich während einer Narkose den Wurmfortsatz meines Blinddarms eingebüßt und mich hundeelend gefühlt. Nun fühlte ich mich noch schlechter.

Unzählige Schläuche und Kabel schlängelten sich wie hässliche Würmer über die nackte Haut meiner Arme und reichten unter das dünne Baumwollhemdchen, unter dem sich zudem runde Saugnäpfe abzeichneten, über die ein EKG-Apparat, der irgendwo vor sich hin summte, meinen Herzschlag kontrollierte. In meinen Armbeugen steckten mehrere Kanülen, die unangenehm drückten und brannten, als ich einen kurzen Moment die Muskeln anspannte, um zu prüfen, ob ich diese noch spürte (oder wieder spürte? Wo hatte der Traum begonnen und wo hatte er geendet?). Pflaster fixierten die Nadeln, die tief in meiner Haut steckten.

Mit den Fingernägeln der rechten Hand begann ich an einem der Pflaster an meiner linken Armbeuge zu pulen und stellte leidvoll fest, dass es sich um eines jener Exemplare handelte, mit welchen man sich sämtliche Haare und die obersten vier Hautschichten vom Leib riss, wenn man sie abzog. Ich fühlte mich noch immer schwach und müde und besann mich darauf, erst einmal ein paar Atemzüge lang Kraft zu sammeln, ehe ich mich der mit Sicherheit qualvollen Prozedur der Pflaster- und Kanülenentfernung zuwandte. Abgesehen von der Liege, auf der ich mich befand, gab es lediglich ein einziges weiteres Möbelstück in dem kleinen Raum: einen modern und filigran wirkenden verchromten Hocker. Dafür gab es eine Unzahl von blinkenden und piepsenden Apparaten, Gerätschaften und einen ebenfalls verchromten Ständer, von dem mehrere durchsichtige Beutel hingen, aus denen diverse Flüssigkeiten über dünne Schläuche in meine Venen gepumpt wurden. In die Wand schräg über mir waren drei Flachbildschirme eingelassen, die aber allesamt ausgeschaltet waren. Das einzige Licht spendete eine schwache grüne Notlampe, die unter der Lüftung über der einzigen Tür angebracht war. Ich wunderte mich ein bisschen, dass ich bei dieser schlechten Beleuchtung überhaupt so viele Details ausmachen konnte.

Vor allen Dingen aber wunderte ich mich über die Gestalt, die auf dem kleinen verchromten Hocker zwischen meiner Liege und all den medizinischen Gerätschaften auf Rollen saß und mich lächelnd anblickte.

Obwohl mein Verstand sich im ersten Moment strikt weigerte, die Erkenntnis anzunehmen, wusste ich sofort, wem ich mich gegenübersah. Der Mann war alt, steinalt. Er musste die neunzig längst überschritten haben. Die Zeit hatte tiefe Furchen in die ledrig schimmernde Haut seines Gesichts gegraben, und seine Wangen hingen schlaff herab. Schwere Tränensäcke lagen unter seinen gelblich schimmernden, eitrig triefenden Augen, und sein Mund war kaum mehr als ein schrumpeliger, schmaler Spalt in seinem Gesicht. Seine Ohren wirkten überproportional groß; ich hatte einmal gelesen, dass Ohren ein Leben lang wachsen. Von seinem Haar waren ihm nicht mehr als ein paar vereinzelte Strähnen geblieben, die silbrig grau im schwachen Licht schimmerten.

Professor Sänger sah alt und gebrechlich aus. Dennoch war seine Haltung stolz und aufrecht, und seine sichtlich kranken Augen drückten neben aufgesetzter Väterlichkeit ungetrübte, messerscharfe Intelligenz aus.

»Professor Sänger?«, flüsterte ich. Meine Stimme klang rau und fremd, und es kostete mich große Mühe zu sprechen. Mein Mund fühlte sich an, als hätte man mir während des Schlafes die Schleimhäute abgetragen und durch feines Schmirgelpapier ersetzt. Vielleicht war dem ja sogar so. Ich wusste nicht, was geschehen war. Ich fühlte mich auf seltsame Weise berührt, regelrecht missbraucht.

Ein Lächeln spielte um die rissigen, schmalen Lippen des Alten. »Na also«, sagte er. »Du musst mich entschuldigen. Meine Augen …« Er deutete auf das schwach glimmende Notlicht über der Tür. »Selbst das wenige Licht hier in der Kammer schmerzt«, erklärte er in entschuldigendem Tonfall, griff in die Brusttasche seines weißen Kittels und zog eine Sonnenbrille im Stil der siebziger Jahre daraus hervor, die er aufsetzte. Obwohl ich seine Augen nun nicht mehr sehen konnte, spürte ich, dass er mich unverwandt anstarrte. »Es hätte mich beleidigt, wenn du mich nicht mehr erkannt hättest«, behauptete der Professor. »Freilich, es ist lange her – und wir haben uns unter …« Ich fühlte den durchdringenden Blick, mit dem er mich durch die getönten Gläser der Brille hindurch maß, während er eine kurze Denkpause einlegte. »... unter unschönen Umständen getrennt«, sagte er schließlich. »Aber heute Abend hast du mir bewiesen, dass du immer noch mein Musterschüler bist. Sehr eindrucksvoll und ... unerwartet. Aber das war ja schon immer deine Spezialität, Frank Gorresberg. Etwas zu tun, womit keiner rechnet.«

Das Lächeln gefror bei den letzten Worten auf Sängers Lippen; ein Muskel in seiner linken Wange zuckte und ließ das welke Fleisch erzittern.

»Der Zwölfjährige, der mich gezwungen hat, diese Schule zu schließen«, fuhr er nach einer kleinen Weile bitter fort. »Es gab Zeiten, da hätte ich dich am liebsten tot gesehen. Wärst du nicht der Begabteste von allen gewesen.« Er schüttelte seufzend den Kopf. »So nah waren wir an unserem Ziel. Du durftest nicht sterben, weißt du. Du warst das Kind, das sich Hitler von uns gewünscht hatte, auch wenn du viel zu spät geboren wurdest. Ein Junge, mit dem ein neues Zeitalter beginnen konnte.«

Man behauptet schnell von sich, das Gefühl zu haben, im falschen Film gelandet zu sein. In diesem Augenblick aber gab es keine zutreffendere Beschreibung für das, was in mir vorging. Ich kam mir vor wie in einen kranken Psychothriller versetzt, in dem ich unfreiwillig die Hauptrolle des Helden, der dazu bestimmt war, die Welt zu retten, spielte. Gleichzeitig aber fühlte ich mich regelrecht auf den Arm genommen. Was wollte Sänger von mir? Welches wahnwitzige Spielchen spielte er? Ich hatte ihn auf Bildern gesehen, meinetwegen auch in meinen Träumen, aber das war alles, was uns miteinander verband. Ich kannte diesen Mann nicht. Ich war nicht sein Schüler und würde es nie werden, darüber hinaus war ich mit Sicherheit der letzte Mensch auf dieser Welt, mit dem, wie er es nannte, ein neues Zeitalter beginnen konnte. Nach Carl und Ed, wie sich von selbst versteht.

Ich starrte den Professor mit einer Mischung aus Fassungslosigkeit und Zweifel an, wobei ich nicht hundertprozentig sicher war, ob ich tatsächlich an seinem Verstand oder lieber an meinen Sinnen zweifeln sollte, die meinem Hirn mitteilten, dass ich mich, an eine Unzahl von Schläuchen und Kabeln angeschlossen, in einer kleinen Kammer befand, mit einem nahezu hundertjährigen Mann, der mir gerade mitzuteilen versuchte, dass in meiner Wenigkeit das Schicksal der Menschheit begründet liegen sollte. Das Kind, das sich Hitler gewünscht hatte?! Der Alte musste völlig senil sein. Abgesehen von der Tatsache, dass kein Mensch auf der Welt sich einen Taugenichts, wie ich einer war, gewünscht hätte (nicht einmal ich selbst, und ein verblendeter Nazi wie Hitler schon mal gar nicht!), einen unbeständigen Charakter, der mit sich selbst nichts anzufangen wusste, als von hier nach dort zu ziehen, sich treiben zu lassen und keinen Gedanken daran zu verschwenden, wo er morgen jobbte, solange er heute noch ein paar Nudeln mit Butter und Salz auf dem Teller liegen hatte, war ich mehr als dreißig Jahre nach Ende des Krieges geboren worden. Sänger musste über die sichtbaren Zeichen hinaus, die die Zeit hinterlassen hatte, noch einige andere Defekte davongetragen haben, anders ließ sich sein irres Gefasel nicht erklären.

Tragischerweise wirkte jedoch der Ausdruck, den ich in seinen Augen entdeckt hatte, ehe er die Brille aufgesetzt hatte, kein bisschen senil, so dass die Fassungslosigkeit des ersten Moments nicht so einfach einem überheblichen, jugendlichen Spott weichen konnte, sondern stattdessen einem Gefühl von Verunsicherung und Irritation Platz machte.

Der Alte blickte mich forschend an und schwieg.

»Ich weiß, was jetzt in dir vorgeht«, behauptete er schließlich mit einem dünnen Lächeln, als er feststellte, dass ich nicht vorhatte, irgendetwas zu sagen. »Du warst schon immer zu emotional. Schon als du ein Kind warst, konnte ich deine Gedanken von deinem Gesicht ablesen.«

Glückwunsch, dachte ich im Stillen. Gib mir einen Spiegel, wenn meine Mimik so redselig ist. Vielleicht verstehe ich mich dann auch …

»Das war dein größter Mangel«, fuhr Sänger kopfschüttelnd fort und brach ab, als einer der Bildschirme an der Wand plötzlich aufleuchtete.

Der Professor wandte den Blick von mir ab, und auch ich wandte meine Aufmerksamkeit dem Monitor zu, auf dem in dieser Sekunde das Bild eines mit Blutschlieren verschmierten Stahltischs in einem Operationssaal sichtbar wurde. Ellen wurde von zwei Schwestern in den Saal geführt. Wie ich trug sie nichts als ein weißes OP-Hemd und ein Paar Thrombosestrümpfe, die an ihren langen, schlanken Beinen aber ungleich attraktiver aussahen als an meinen behaarten, knochigen Gliedern. Den Schwestern und ihr folgten einige weitere Ärzte und Schwestern in grünen Kitteln, die ihre

Haare allesamt sorgsam unter bläulichen Hauben verborgen hatten und einen Mundschutz trugen. Ellen besprach irgendetwas mit den fremden Ärzten, aber ich konnte ihre Worte nicht verstehen. Es gab keinen Ton zu der Bildübertragung aus dem Operationssaal.

»Eine außergewöhnliche Frau«, sagte Sänger leise, und aus seiner Stimme klang etwas, mit dem er mir wohl aufrechte Anerkennung vorgaukeln wollte. Es gelang ihm nicht. »Und bildhübsch, nicht wahr«, sagte er. »Eine echte Schönheit. Und so verzweifelt ...« Der alte Professor lächelte. »Sie weiß, wie es um sie steht«, behauptete er. »Und trotzdem will sie auf keinen Tag verzichten. Sie wird es selbst tun ...« Der Alte schüttelte den Kopf. »Wirklich eine faszinierende Frau. Ich bin gespannt, ob sie es durchsteht.«

Fast hätte ich ihn gefragt, was er damit meinte, was verdammt noch mal Ellen durchstand oder eben nicht. Aber ich verkniff es mir, denn ich begriff rechtzeitig, dass Sänger ganz genau darauf abgezielt hatte. Der Alte hüllte sich in einen Mantel aus Andeutungen und geheimnisvollen Orakelsprüchen, um nichts anderes zu erreichen, als dass ich Fragen stellte und mich in der Rolle des unterlegenen Bittstellers, und sei es nur mit der Bitte um Antworten, wiederfand, aber dieses Spiel würde ich nicht mitspielen. Es war eine ausgesprochen billige Art, Überlegenheit zu demonstrieren.

Ob ich den Spieß umdrehen konnte? Ellen hatte anscheinend Recht gehabt, als sie behauptet hatte, dass wir alle Teil eines Experiments waren. Aber so, wie diese Nacht verlaufen war, musste dieses

Experiment tüchtig aus dem Ruder gelaufen sein. All die Toten – das konnte unmöglich zu Sängers Plan gehört haben. Das ergab keinen Sinn! Was hatte er denn davon?

Angestrengt versuchte ich mich zu erinnern, ob es tatsächlich sein konnte, dass ich dem Professor in früher Kindheit schon einmal begegnet war, aber es war, als hätte jemand ein gewaltiges Loch in meine Erinnerungen gestanzt. Die Anhäufung von Déjà-vus, die in dieser Nacht über mich gekommen waren … Das konnte kein Zufall sein. Und hatte ich nicht früher schon manchmal das unbestimmte Gefühl gehabt, eines Teils meiner Jugend beraubt worden zu sein? War da nicht schon immer eine nagende Gewissheit in meinem Unterbewusstsein gewesen, dass mir irgendetwas fehlte? In willkürlichen Abständen fraßen sich diese Ahnungen bis in mein Bewusstsein hindurch, nur um sich schnell wieder zurückzuziehen, sobald ich begann, mir ernsthafte Gedanken darüber zu machen.

Es gab eine Zeit, an die ich mich nicht aktiv zu erinnern vermochte, eine Spanne, von der ich hauptsächlich aus den Erzählungen meiner Eltern wusste, die sie so oft erwähnt hatten, dass ich sie beinahe als meine eigene Erfahrung angenommen hatte. Ich war auf einem Internat gewesen …

Aber das war ich doch immer wieder gewesen! Ich hatte den Onkel, der mich von Internat zu Internat geschickt hatte, dafür gehasst, dass er es getan hatte, aber wenn ich ganz ehrlich zu mir selbst war, musste ich zugeben, dass er nur fortgesetzt hatte, was auch meine Eltern zu ihren Lebzeiten schon getan hatten. Ich hatte es immer vermieden, daran zurückzudenken. Viel zu früh hatte ich sie beide verloren und alles, was nicht in mein Idealbild der fürsorglichen, geliebten Eltern gepasst hatte, die so unvermittelt und früh aus ihrem und meinem Leben gerissen worden waren, nach Kräften verdrängt. Ich hatte es vorgezogen, die schönen Erinnerungen an sie zu schmücken und die schlechten so oft mit grauer Farbe zu übermalen, bis so gut wie nichts mehr davon sichtbar war. Vielleicht hatten sie es gut gemeint, als sie mich von Musterschule zu Musterschule geschickt hatten, aber ich hatte sie dafür gehasst. Später wollte ich nicht mehr daran denken, dass ich sie für irgendetwas gehasst hatte. Man verachtet seine toten Eltern nicht. Man hält sie in Ehren. Aber nun, da ich versuchte, die grauen Farbschichten, die ich auf ihr Andenken gespachtelt hatte, abzutragen, fühlte ich mich wieder genauso von ihnen abgeschoben wie damals, als sie noch gelebt hatten. Sie hatten sich darauf beschränkt, mich in den Ferien zu sich zu holen und, wenn ich Glück hatte, auch zu meinen Geburtstagen. Wenn die anderen Kinder an den Wochenenden abgeholt wurden, blieb ich meist mit einigen wenigen Leidensgenossen im jeweiligen Internat zurück und bereitete mich darauf vor, mir die Zeit mit dem Studium der Mickey-Maus-Hefte, die sie mir regelmäßig schickten, zu vertreiben, oder einfach nur damit, apathisch auf meinem Bett zu liegen, an die Decke zu starren und mir schrecklich überflüssig und ungeliebt vorzukommen.

Nein, meine Eltern waren nicht perfekt gewesen, und meine Kindheit war weiß Gott keine, an die es sich zurückzuerinnern lohnte. Ich glaube, ich habe sämtliche Schloss- und Burginternate dieses Landes kennen gelernt. Alle außer Burg Crailsfelden.

Mein Blick wanderte wieder zu dem Bildschirm an der gegenüberliegenden Wand, auf dem man den Operationssaal überblicken konnte. Ellen hatte auf dem blutverschmierten OP-Tisch Platz genommen. Irritiert beobachtete ich, wie die Schwestern ihr eine Plastikstütze in den Rücken schoben, so dass die rothaarige Chirurgin aufrecht auf dem Tisch sitzen konnte. Eine eigenartige Position für eine Operation, wie ich fand. Einer der vermummten Ärzte begann, wild mit den Händen gestikulierend, auf sie einzureden, aber Ellen schüttelte nur entschieden den Kopf. Eine Schwester trug einen länglichen, fast mannshohen Spiegel herbei und stellte ihn vor dem Operationstisch auf.

»Eine bewundernswerte Frau«, betonte Sänger erneut und stand mit wackeligen Beinen auf. »Ich glaube, wenn sie könnte, würde sie sich auch noch selbst den Tumor aus dem Kopf schneiden. Aber das können nicht einmal wir. So hat sie wenigstens das Gefühl, allein die Verantwortung für sich zu tragen ...« Er schüttelte seufzend den Kopf und nickte mir zum Abschied zu. »Ich sollte wenigstens in der Nähe sein, wenn sie kollabiert«, beschloss er und bewegte sich auf den Ausgang zu. »Wir sehen uns später noch einmal.«

Ich blickte dem Alten nicht nach. Mit einem Gefühl von perverser Faszination beobachtete ich auf dem Monitor, was im Operationssaal geschah. Ellen rammte sich selbst eine mehr als handlange Spritze in den Bauch, die wahrscheinlich ein Betäubungsmittel enthielt. Erst jetzt begriff ich, was

Sänger mit seinen Worten gemeint hatte und was die junge Ärztin vorhatte: Sie wollte sich tatsächlich selbst operieren!

Mit trotz ihres vermummten Gesichts deutlich erkennbarem Widerwillen reichte ihr eine der Schwestern im grünen Kittel ein Skalpell, das Ellen entschlossen an ihrem mittlerweile entblößten Bauch ansetzte. Sie begann zu schneiden, und mir wurde übel und schwindelig. Ich konnte, ich wollte nicht sehen, was weiterhin geschah, und schloss die Augen. Doch auch die bloße Vorstellung, wie Ellen selbst an sich herumoperierte, war kaum leichter zu ertragen, als das Geschehen tatsächlich weiter genau zu beobachten, und wie zur Strafe dafür, dass ich die Augen geschlossen hatte, wurde nun auch noch der Ton zu den schrecklichen Bildern auf dem Flachbildschirm zugeschaltet. Ein elektrisches Knistern kroch durch den Raum, dann vernahm ich Ellens angespannt klingende Stimme.

»Ich werde die kleineren Blutungen veröden«, beschloss sie.

Entsetzt blinzelte ich wieder zu dem Bildschirm empor. Sie hatte es tatsächlich getan! Ellen hatte sich den Bauch mit dem Skalpell eigenhändig auf einer Länge von mindestens zehn Zentimetern aufgeschnitten. Dickflüssiges Blut quoll aus der klaffenden Wunde, und die junge Ärztin war kreidebleich. Kalter Schweiß war auf ihre Stirn getreten, und ich sah, dass ihre Hände leicht zitterten. Dennoch gab sie nicht auf, sie sah nicht einmal weg, sondern betrachtete hochkonzentriert jede ihrer Bewegungen in dem langen Spiegel, der vor ihr aufgestellt worden war.

»Den Elektrokauter bitte«, sagt sie leise.

Eine der vermummten Gestalten reichte ihr ein Gerät, das wie ein schlanker blauer Stift aussah. Aus seinem hinteren Ende führte eine elektrische Leitung, die irgendwo zwischen den grün gewandeten Ärzten und Schwestern verschwand. Die rothaarige Ärztin fuhr mit dem Stift über die Wundränder und schaffte es tatsächlich, das Zittern ihrer Finger für die Dauer ihrer makaberen Selbstbehandlung zu unterbinden, doch ihrem Gesicht waren Furcht und Schrecken eindeutig anzusehen. Eine der Schwestern trat ein wenig dichter an sie heran und wischte ihr den Schweiß mit einem Wattetupfer von der Stirn. Die Bildqualität, in der ich die Geschehnisse verfolgte, war geradezu abartig hervorragend. Ich konnte sogar die konzentrierte Falte erkennen, die sich über Ellens Nasenwurzel gebildet hatte.

Die Ärztin legte das seltsame Gerät, mit dem sie die Wundränder behandelt hatte, beiseite und griff nach etwas, das wie eine übergroße Pinzette aussah. Vorsichtig schob sie es tief in ihren Bauch. Aus dem kleinen Lautsprecher unter dem Monitor erklang schweres Atmen. Ellens cremefarbene Latexhandschuhe waren dunkel vor Blut und bildeten einen scharfen Kontrast zu der nahezu weißen Haut auf ihren Armen. Noch immer hantierte sie mit dem pinzettenähnlichen Instrument in der gewaltigen offenen Wunde herum, die sie sich selbst mit dem Skalpell zugefügt hatte. Die Ärzte und Schwestern, die sie im Halbkreis umstanden, sahen ihr bei ihrem Tun schweigend zu.

Ich war mir nicht sicher, ob ich sie für ihren

Mut und ihre Tapferkeit bewundern oder sie für die Abgebrühtheit verachten sollte, die wohl selbst bei einer erfahrenen Chirurgin wie ihr erforderlich war, um eine derartige Operation am eigenen Leib durchzuführen. Auf jeden Fall war mir ausgesprochen übel, und die scharfe Magensäure, die in meine schier ausgetrocknete Kehle stieg, brannte schmerzhaft in meinem Hals. Was zum Teufel konnte bloß einen Menschen, Medizinstudium hin oder her, dazu bewegen, sich selbst den Bauch aufzuschlitzen? Konnte ihr Berufsstolz wirklich so weit gehen, dass sie niemand anderen an ihren Körper heranließ als sich selbst, oder war es vielmehr die Angst, die sie dazu trieb, sich so grausam zu behandeln? War das, was sich auf dem Monitor vor meinen Augen abspielte, letzten Endes die Medizinervariante des japanischen Harakiri? Oder war es vielleicht ganz anders, und Professor Sänger hatte ihr irgendetwas angetan? Vielleicht bedrohte er sie ja. Aber wenn dem so war – was konnte so schrecklich sein, dass sie dieses Martyrium der Konsequenz vorzog, die sie erwartete, wenn sie sich verweigerte?

»Der Puls …«, erklang eine leise Frauenstimme aus dem Lautsprecher.

»Keine weiteren Schmerzmittel!«, befahl Ellen herrisch, ohne ihre Aufmerksamkeit auch nur den Bruchteil einer Sekunde von ihrem grausamen Schaffen am eigenen Leib abzuwenden. »Ich werde das …« Sie brach ab. Anscheinend bemerkte sie, wie knapp bemessen ihre Kräfte waren, und entschied, sie nicht mit Diskussionen zu vergeuden. Stattdessen gab sie einer der Schwestern einen schwachen Wink mit der freien Hand. »Tupfer«, befahl sie mit schwacher Stimme.

Statt mit dem Wattebausch wischte die nächststehende Hilfskraft ihr mit der flachen Hand über die Stirn. Tatsächlich hätte ein Wattebausch längst nicht mehr ausgereicht, den Schweiß zu entfernen, der mittlerweile in einem kleinen Rinnsal von der Nasenspitze der jungen Ärztin tropfte und sich mit dem Blut auf ihren Händen vermischte.

»Der Puls rast davon«, wiederholte eine andere, dieses Mal männliche Stimme.

Die Muskeln in Ellens Wangen zuckten nervös. Langsam zog sie das Instrument aus der Wunde. Ich wollte wegsehen. Ich musste mir selbst nicht zumuten, im Detail zu betrachten, was Ellen aus ihrem Körper hervorzog, schließlich zwang mich niemand dazu. Aber der Schreck lähmte mich. Ich konnte nicht einmal blinzeln, geschweige denn den Kopf drehen, um meinen Blick von dem Bildschirm loszureißen.

»Ich habe es gleich«, flüsterte die Ärztin nervös und schwach. Ich sah, wie ihre Hände zu zittern begannen. »Bitte …«

Plötzlich ließ sie das Folterinstrument fallen und beugte sich so weit vornüber, dass sie vom OP-Tisch zu stürzen drohte. Zwei der Schwestern packten sie geistesgegenwärtig unter den Achseln und hoben sie in eine aufrechte Haltung zurück.

»Sie kollabiert!«, hörte ich eine Frauenstimme rufen. »Wir müssen …«

Dann verlosch das Bild auf dem Monitor.

Minuten, die mir wie Stunden vorkamen, starrte ich entsetzt zu dem Bildschirm hinüber, wartete mit rasendem Herzen und voller Angst und Sorge darauf, dass das Bild, von dem ich mir gerade noch gewünscht hatte, es nicht mehr betrachten zu müssen, wieder aufflammte, doch nichts geschah. Nach wenigen Augenblicken waren auch die letzten grauen und weißen Pünktchen, die das Bild des Operationssaals abgelöst hatten, verschwunden. Was blieb, war die grausame Ungewissheit darüber, was in den nächsten Sekunden geschehen war und was man Ellen vielleicht in diesem Moment antat.

Wo zur Hölle waren wir hier gelandet? Wohin hatte man uns verschleppt? Aber was auch immer das hier darstellen sollte: Es war mit unerschütterlicher Sicherheit nicht das, was es zunächst zu sein schien. Das hier war kein Krankenhaus, und diese Menschen in den sterilen grünen Kitteln waren keine gewöhnlichen Mediziner. In keiner Klinik auf dieser Welt, und sei sie noch so schlecht und verdorben, würden Ärzte bei einem derart makaberen, grauenhaften Schauspiel einfach zusehen, geschweige denn sich beim Nichteingreifen zusehen lassen!

Ich musste hier weg! Mit einem entschlossenen Ruck setzte ich mich halbwegs auf. Zuallererst musste ich diese verdammten Kabel und Schläuche loswerden, die an allen möglichen und unmöglichen Stellen in meinen Körper hineinführten! Hektisch tastete ich nach einer der Kanülen, die in meiner linken Armbeuge steckten; ein widerliches grünes Plastikding, das mit über Kreuz geklebten Pflastern gesichert war, damit es sich nicht verschieben konnte, wenn ich den Arm bewegte.

Neben der Kanüle lag ein dünnes Kabel, das ebenfalls unter das weiße Pflaster führte und an einen kleinen Chip grenzte, der ein kleines Stück weit darunter hervorlugte. Ich fragte mich einen Moment lang, was dieses seltsame Ding dort wohl messen sollte, entschied aber schnell, dass es mich nicht wirklich interessierte. Wichtig war nur, dass ich es so schnell wie möglich loswurde. Mit vor Aufregung zitternden Fingern tastete ich nach dem Pflaster, schaffte es aber auch dieses Mal nicht auf Anhieb, es abzureißen. Tolle Welt, fluchte ich im Stillen. Man war in der Lage, zum Mond zu fliegen und sich dabei von Affen und Hunden Gesellschaft leisten zu lassen, aber nicht, ein Pflaster zu produzieren, das einen nicht rachsüchtig skalpierte, wenn man sich an ihm zu schaffen machte!

Meine Finger fühlten sich unangenehm taub an, so als ob mein Arm eingeschlafen gewesen wäre. Ein fieses Prickeln erfüllte meine Fingerkuppen, und ich spürte, wie kalter Schweiß auf meine Stirn trat. Verdammt, was hatte man mit mir gemacht? Es konnte doch nicht sein, dass ich allein beim Versuch, ein bescheuertes Pflaster zu entfernen, ins Schwitzen geriet!

Mein Blick wanderte unsicher und panisch zu den Infusionsflaschen, die an dem Ständer neben meinem Bett baumelten. Alle waren mit klaren Flüssigkeiten gefüllt, die wie Wasser aussahen. Kochsalzlösung, Nährstoffe, Vitamine, Mineralien und weiß der Geier, was man noch alles in die Flaschen gemischt hatte, um es in verschiedenem Rhythmus über die dünnen Schläuche in meine Adern zu pumpen. Nichts davon konnte wichtig sein. Ich konzentrierte mich wieder auf das Pflaster und schimpfte mich selbst einen Idioten, weil ich eine halbe Ewigkeit benötigte, um es so weit zu lösen, dass ich es an einem Zipfel packen und mit einem energischen Ruck abreißen konnte.

In derselben Sekunde ertönte ein schrilles, durchgehendes Piepen von der Batterie der seltsamen Monitore und Computer, die rund um mein Bett aufgestellt waren und bislang mit monotonem Summen Kurven geschrieben und Unmengen von Papier ausgedruckt hatten. Ein Alarm!

Wieder schmeckte ich einen bitteren Geschmack auf der Zunge, und mich fröstelte plötzlich und heftig. Ich sah, wie eine der Maschinen, von der ein weiterer Schlauch zu einer Kanüle an meinem Körper führte, plötzlich schneller pumpte, und begriff trotz des Schleiers, der sich fast augenblicklich über mein Bewusstsein senkte, dass der Alarm automatisch die Dosis eines Beruhigungsmittels, das durch einen der Schläuche lief, erhöhte. Auf einmal hatte ich das Gefühl, als rückten die Maschinen, die Monitore, die Wände der Kammer, einfach die ganze Welt langsam von mir fort. Unsichtbare Watte hüllte mich ein, streichelte jegliches Aufbegehren binnen weniger Sekunden von mir ab und ersetzte es durch ein Gefühl von Ruhe, Zufriedenheit und wohltuender Müdigkeit. Widerstandslos ließ ich mich auf das Kissen zurücksinken und schloss die Augen.

Ich hatte nicht die geringste Ahnung, wie lange ich geschlafen hatte, als ich wieder erwachte. Ich befand mich noch immer in der kleinen, unwohnlichen Kammer, in der ich weggedämmert war, angeschlossen an unzählige Infusionsflaschen und Maschinen, die besser ins Raumschiff Enterprise gepasst hätten als in etwas, das zumindest als Krankenzimmer dienen sollte. Es gab keine Fenster in dem Raum, so dass ich mich nicht einmal ungefähr am Stand des Mondes orientieren konnte – wenn es denn noch Nacht war. Doch nicht einmal das konnte ich mit Sicherheit sagen. Es hätten inzwischen gleichsam Minuten wie auch Stunden oder gar Tage vergangen sein können; mein Zeitgefühl war mir vollständig abhanden gekommen. Aber es war nicht dunkel im Raum, wie ich feststellte, als ich die Lider mit großer Mühe ein winziges Stück weit anhob. Fast alle Monitore, die an der gegenüberliegenden Wand angebracht waren, waren in Betrieb.

Mein Blick fiel auf den am nächsten in meinem Sichtfeld liegenden Flachbildschirm, auf dem sich nun offenbar nicht das Bild einer Überwachungskamera zeigte, sondern ein Video abgespielt wurde, das seiner Qualität nach wesentlich älter sein musste als das Gerät, mit dem es abgespielt wurde. Die Farben wirkten trüb, die Konturen verwischt. Dennoch erkannte ich, dass es sich um die Innenaufnahme eines fahrenden Wagens handelte. Kinder saßen dicht zusammengepfercht auf den beiden Rückbänken eines Jeeps oder kleinen Busses: blonde Jungen und Mädchen in Pfadfinderuniformen, die Armbinden trugen und sichtlich aufgeregt darauf warteten, endlich ihr Ziel zu erreichen. Ich kannte diese Kinder.

Es waren Ellen, Judith, Maria, Stefan und Ed.

Mein Herz tat einen erschrockenen Satz, doch die Erregung, die mich plötzlich ergriff, lag weniger in der Tatsache begründet, dass diese Kinder bis ins letzte Detail jenen glichen, die ich in meinen Träumen gesehen hatte. Es war schlichtweg unmöglich, dass die Vorstellungen, die ich in meinen Träumen von bestimmten erwachsenen Menschen in kindlichen Körpern gehabt hatte, sich mit der Realität makellos deckten, die irgendwann von einem Amateurfilmer eingefangen worden war, zumal ich die entsprechenden Personen doch vor wenigen Stunden erst kennen gelernt und bislang noch nicht einmal ein Foto, geschweige denn ein Video von ihnen zu Gesicht bekommen hatte. Mein Entsetzen entzündete sich vor allem am Antlitz eines zierlichen blonden Knaben, der zwischen Judith und Stefan auf der hinteren Bank des Wagens kauerte und im Gegensatz zu den anderen keineswegs von freudiger Ungeduld gepackt war, sondern mit ausdruckslosem Gesicht an dem Kind Stefan vorbei aus dem Fenster des Jeeps starrte.

Dieser Junge war ich!

Es war unmöglich, und trotzdem erkannte ich mich zweifellos wieder. Aber wie konnte das sein? Ich hatte die fünf anderen nie zuvor gesehen, geschweige denn mit ihnen in einem Fahrzeug gesessen, auch nicht in meiner Kindheit! Und ich hatte in meinem ganzen Leben nie eine verdammte Pfadfinderuniform getragen!

Das Bild auf dem Monitor verwischte, und es erschienen in rascher Folge knappe Ausschnitte von der Burg, von den Lehr- und Schlafräumen, vom Hof, vom Burgweg, von einheitlich gekleideten Schülern, die im Gänsemarsch über das Kopfsteinpflaster marschierten ...

Erneut glaubte ich mich zwischen den blonden Jungen und Mädchen zu erkennen. Aber das war ein Ding der Unmöglichkeit, zum Teufel noch mal! Nie hatte ich dieses Internat besucht, und nie hatte ich zu diesen albernen kleinen Pfadfindern gehört!

Auf einmal war meine Müdigkeit wie weggeblasen. Ich versuchte mich zu erinnern, aber da war nichts. Ich hatte viele Schulen und viele Menschen kennen gelernt in meiner Kindheit und Jugend – viel zu viele. Burg Crailsfelden aber war eindeutig nicht darunter. Diese Videos mussten Teil des hirnverbrannten Spielchens sein, das Sänger mit mir trieb. Mit der Technik der heutigen Zeit stellte es überhaupt kein Problem dar, einen Fremden in alte Filmaufnahmen hineinzukopieren; Forrest Gump war wohl das berühmteste Beispiel dafür.

Mein Blick suchte einen der anderen Monitore, und wieder erkannte ich die Kinder Maria, Ed, Stefan, Judith und Ellen. Ich selbst war diesmal nicht dabei. Die Pfadfindertruppe befand sich in einem schattigen, dicht belaubten Wald und pirschte in lockerer Linie durch das dichte Buschwerk. Ich sah, wie Judith die Hand hob und Ed zu sich heranwinkte. Ellen und Maria standen bereits bei ihr. Die Mädchen hielten einander bei den Händen und wirkten so ernst, dass es aus der Perspektive eines Erwachsenen wie mir fast schon lächerlich schien; Kinder, die um jeden Preis versuchten, nicht wie Kinder zu wirken. TKKG vor einem besonders schwierigen Fall – nur dass diese Truppe jeglicher

Spur der Niedlichkeit entbehrte. Was auch immer diese Kinder planten, hatte mit einem altersgerechten, munteren Ringelreihen nichts zu tun. Und es wirkte auf seltsame, schwer in Worte zu fassende Weise … bedrohlich auf mich.

Nun schloss sich auch Stefan der Gruppe an, und die drei Mädchen nahmen die beiden Knaben in ihren Kreis auf. Alle fünf hatten einen angespannten, konzentrierten Gesichtsausdruck. Judiths Lippen bewegten sich langsam – anscheinend trug sie mit großem Ernst etwas vor, wobei sie jedes Wort überdeutlich aussprach. Die anderen lauschten ihr stumm. Ich wünschte mir, dieser verdammte Film hätte eine Tonspur. Ich wollte wissen, was da vor sich ging und warum Sänger darauf verzichtet hatte, mich auch in diesen Filmausschnitt hineinzuschneiden. Dann machte die Kamera einen unerwarteten Schwenk, und ich stellte fest, dass ich mich geirrt hatte: Da war ich doch. Ich stand, auch dieses Mal wie die anderen mit einer säuberlich gebügelten Pfadfinderuniform bekleidet, etwas abseits der Gruppe. Ich hatte meine Lippen zu einem schmalen Strich zusammengepresst und wirkte irgendwie trotzig, zugleich aber durch und durch entschlossen. Wahrscheinlich waren die Bilder mit einer alten Super-8-Kamera aufgezeichnet worden, sie wirkten nicht wie ein Videofilm.

Ich – beziehungsweise das Kind, das aussah wie ich – stand auf einem Felsvorsprung, an den der Wald angrenzte. Nun begann ich vorsichtig, daran hinabzuklettern und durch den Forst zu pirschen, der sich am unteren Ende des Felsens fortsetzte.

Hier unten gab es kein Dickicht, lediglich wie überdimensionale Streichhölzer wirkende, nahezu identische Bäume, deren Kronen kaum Schatten zu spenden vermochten. Trockenes Laub und abgebrochene kleine Äste knirschten und knackten unter den Füßen des Kindes, das ich war. Dann sprang etwas zwischen den Baumstämmen hervor: ein Rehkitz, das sich dicht auf die Erde gekauert haben musste und mir deshalb nicht aufgefallen war. Das Tier sprintete erschreckt vor mir davon, schräg in den lichten Wald hinein, und wechselte schließlich ganz unvermittelt die Richtung. Es schlug einen Haken wie ein flüchtendes Kaninchen. Die Kamera folgte ihm, während es auf den Waldrand zuhastete.

Der Wald grenzte an ein im Licht der untergehenden Sonne goldfarben leuchtendes Kornfeld. Eine wuchtige Maschine fraß eine breite Schneise durch den Weizen.

Plötzlich gab es einen Schnitt im Film, und in der nächsten Szene erkannte ich eine Großaufnahme von dem Schneidewerk des Mähdreschers, der sich durch das Kornfeld gearbeitet hatte. Zwischen den gewaltigen Messerblättern hing der bis zur Unkenntlichkeit verstümmelte zarte Leib des Rehkitzes. Wie durch ein Wunder war der Kopf des Tieres unversehrt geblieben, so dass der Kadaver mit in Todesangst erstarrten Augen ins Objektiv der Kamera starrte, das einen unnötig langen Moment sadistisch auf sie gerichtet wurde. Dann ließ der Kameramann das Objektiv langsam über die zerhackten Beine und den aufgeschlitzten Leib des Tieres wandern, so als empfände er eine obszöne Lust daran, das Grauen in allen Details festzuhalten.

Ich sah weg. Ich konnte diese Bilder nicht mehr ertragen. Viel schlimmer aber war noch die beklemmende Erinnerung, die versuchte, sich bis zur Oberfläche meines Bewusstseins vorzutasten, während sich dieses schreckliche Video vor mir abspielte, die Ahnung eines Déjà-vus, die sich auch nicht durch bloßes Wegsehen vertreiben lassen wollte. Dieser Film war nicht manipuliert worden. Ich wollte es nicht wahrhaben, aber tief in meinem Inneren wusste ich es sehr genau. Die blutverschmierten Messer des Mähdreschers ... Ich hatte es erlebt, auch wenn ich mich beim besten Willen nicht daran erinnern konnte, jemals ein Pfadfinder gewesen zu sein.

Ich schloss für einen Moment die Augen und atmete mehrmals langsam und bewusst ein und aus, sammelte die Kraft der Überwindung, die ich in großer Menge benötigte, um meinen Blick erneut den noch immer laufenden Monitoren zuzuwenden.

Das Bild des blutigen Kadavers war verschwunden. Stattdessen erkannte ich auf dem Bildschirm, auf dem es gerade noch zu sehen gewesen war, wieder die Pfadfindertruppe, die sich aber nicht mehr in dem Wald befand, sondern inzwischen auf dem Burghof eingefunden hatte. Professor Sänger war bei den Kindern. Er wirkte lächerlich in seinen kurzen Hosen und dem mit Auszeichnungen behängten Hemd, doch keines der Kinder kicherte. Auch ich nicht. Ich stand vor der Reihe der drei Mädchen und der beiden Jungen. Sänger trat auf mich zu und heftete mir eine prächtige Achselschnur an das porentief reine, frisch gebügelte Hemd. Es beschämte mich zutiefst, dieses Kind, das ich sein sollte, zu sehen, wie es vor Stolz nur so strahlte, während der Professor in der kindischen Uniform es mit einer Auszeichnung belohnte.

Ein weiterer Erwachsener gesellte sich zu der Gruppe. War das Eds Großvater? Ich war mir nicht sicher, zumindest aber ähnelte er dem Mann in der SS-Uniform, den Maria uns in ihrem dicken Wälzer gezeigt hatte. Der Mann überreichte dem Kind Frank eine Trophäe.

Es war der Kopf des Rehkitzes, das ich aufgeschreckt hatte und das geradewegs in das Schneidewerk des Mähdreschers geflüchtet war. Aber der Kopf des Tieres war nicht ausgestopft und auf einer hölzernen Scheibe fixiert worden, wie man sie nur zu oft in Jagdlokalen entdeckt, sondern in einem gläsernen Zylinder in einer klaren Flüssigkeit für die Ewigkeit präpariert worden – in einem Glasbehälter wie jenen, in denen die Gehirne meiner, unserer Eltern und Großeltern in der menschenverachtenden Forschungssammlung unter der Burg aufbewahrt wurden.

Diese Videos mussten eine Fälschung sein, unabhängig davon, was mein Unterbewusstsein meinem Bewusstsein in einem unverständlichen Mischmasch aus Russisch und Chinesisch zukreischte! Jemand musste mit äußerstem Geschick daran herummanipuliert haben, alles andere konnte, durfte einfach nicht wahr sein! Diese Bilder zu betrachten ging für mich als erwachsenen Menschen schon deutlich über den Rand des Erträglichen hinaus. Und wenn dieser Film tatsächlich als Beweis dafür zu werten war, dass ich als Kind schon einmal auf Crailsfelden gewesen war, wollte ich mir nicht vorstellen, was man mir damals angetan hatte, dass mein traumatisiertes Hirn jegliche Erinnerung an das Erlebte in einen unerreichbaren Winkel meines Bewusstseins geprügelt hatte!

Ich machte die Augen zu und beschloss zu sterben. Eher würde ich auf den Tod warten, als dass ich mir auch nur noch einen einzigen weiteren dieser grauenhaften Filme ansah. Ich würde mich verweigern bis zum bitteren Ende! Nichts konnte grausamer sein als die Wirklichkeit, in der ich gefangen war! Die Tür wurde geöffnet, und ich spürte am Luftzug, wie jemand auf dem Hocker neben meinem Bett Platz nahm. Warmer Atem streifte meine Haut; jemand beobachtete mich aus nächster Nähe. Aber ich sah nicht hin. Ich wollte überhaupt nichts mehr sehen, nichts mehr hören, nichts mehr fühlen, nie wieder!

»Herr Gorresberg«, vernahm ich eine ruhige Stimme dicht an meinem Ohr. Ich kannte sie, konnte sie aber nicht gleich zuordnen. Es war nicht wichtig. Ich wartete ohnehin nur noch auf den Tod. »Ich kann an den Kurven Ihrer Hirnströme ablesen, dass Sie nicht mehr schlafen«, sagte der Mann. »Reden Sie mit mir.«

Ich schwieg, und ich sah auch nicht hin. Einige Augenblicke lang versuchte ich, mich durch bloßes Luftanhalten selbst zu ersticken, musste aber schnell einsehen, dass ich nicht über die nötige Ausdauer verfügte, auch nur eine Ohnmacht auf diese Weise zu provozieren.

»Finden Sie nicht, dass Ihr Verhalten unangemessen kindisch ist?«, fragte die seltsam vertraut klingende Stimme, nachdem einige Augenblicke des Schweigens verstrichen waren. »Es entspricht nicht Ihrem Charakter.«

»Sie kennen meinen Charakter also besser als ich.« Die Behauptung des Mannes hatte mich so verärgert, dass ich vor lauter Wut meine Sturheit und meinen Entschluss zu sterben vergessen und darauf geantwortet hatte.

»Selbstverständlich.« Ein leises Schmatzen erklang. Ich fühlte winzige Speicheltröpfchen auf Gesicht und Hals. Wer auch immer neben mir saß, musste ziemlich alt sein, die dritten Zähne tragen oder beides. »Mit Abstand sieht man die Dinge immer etwas deutlicher, als wenn man gänzlich in sie verstrickt ist«, philosophierte der ungebetene Gast an meinem Krankenbett.

»Was wollen Sie von mir?«, fragte ich gereizt und mit noch immer und nun erst recht stur zusammengekniffenen Lidern.

»Ich bin hier, um Ihren letzten Willen niederzuschreiben«, antwortete der Mann an meiner Seite mit ruhiger Stimme.

Ich vergaß den letzten Rest von Sturheit und schlug die Augen auf. Jemand hatte die Neonröhre unter der Decke angeknipst, so dass ich im ersten Moment nichts anderes sah als bunte Punkte und Spiralen, die einen irrwitzigen Tanz vor meinen geblendeten Augen aufführten, aber dann bildete sich langsam ein grauer Schemen aus dem Chaos von Formen und grellen Farben heraus. Auf dem Stuhl neben meiner Liege saß zusammengesackt eine hagere, gebeugte Gestalt: Friedrich von Thun, der greise Advokat, der uns auf die Burg eingeladen hatte. Er wirkte ein wenig verstaubt. Ein harmloser alter Mann, dessen betuliches Wesen und offene Art zu lächeln ihn wie einen freundlichen Großvater erscheinen ließen. Irgendwie passte er hervorragend auf eine hölzerne Parkbank an einem warmen, hellen Sommertag. Ich konnte ihn mir lebhaft vorstellen, wie er seinen Enkeln lächelnd beim Spielen zusah, voller Stolz, Weisheit und gelassener Ruhe und kein bisschen bedrohlich oder gar gefährlich.

Aber das hier war kein Park und kein Spielplatz, und der Alte hockte nicht auf einer Bank, sondern auf einem verchromten Höckerchen neben einer Liege in einem absurden Krankenzimmer. So harmlos er auch wirken mochte, so tief war er doch unweigerlich in die mörderischen Machenschaften Professor Sängers verstrickt.

Der Alte beugte sich seufzend vor und griff nach einer Aktentasche, die er neben dem Stuhl auf dem Boden abgestellt hatte. Sie war aus abgegriffenem braunen Leder, mit Messingbeschlägen versehen und erweckte den Eindruck, als sei sie kaum weniger alt als ihr greiser Besitzer. Umständlich öffnete der Advokat mit zitternden Fingern die Schließe und zog einen grauen Notizblock aus der Aktenmappe hervor, ehe er sie wieder abstellte und einen grünen Bleistift aus der Innentasche seines Jacketts fischte. Ich konnte ein Staunen nicht unterdrücken, als ich die schwarze Weste mit Goldkette sah, die vor dem Bauch des Greises baumelte. Von Thun war eine Art lebender Anachronismus.

Seine Kleidung, seine betuliche Art, einfach alles an ihm wirkte, als sei er versehentlich im falschen Jahrhundert gestrandet. Eine rosafarbene Zungenspitze fuhr zwischen den verwitterten schmalen Lippen des Advokaten hervor und leckte kurz über die Spitze des Bleistifts. Dann maß mich der Alte mit einem erwartungsvollen Blick.

»Ich wäre dann so weit«, stellte er in neutralem Tonfall fest.

»Und Sie denken, ich wäre auch so weit?« Meine Stimme triefte regelrecht vor Sarkasmus. Mein Wunsch nach dem Tod verzog sich wimmernd in einen uneinsehbaren Winkel meiner Persönlichkeit – zu heftig lärmte der Trotz, den der Alte mit wenigen Worten in mir provoziert hatte. »Bereit fürs Jenseits?«, fragte ich spöttisch. »Wozu dann all die Maschinen, wenn es ohnehin mit mir vorbei ist? Wozu all die Liebesmühe?«

»Weil Sie interessant sind«, antwortete der Advokat, und ich suchte vergeblich und mit aufkeimender Verzweiflung nach einer Spur von Ironie im Klang seiner Worte. »Professor Sänger ist sehr daran gelegen, dass Sie so gut wie möglich versorgt sind.«

Ich lachte und bemühte mich darum, meinen Zynismus nicht in hysterisches Gekicher umschlagen zu lassen. »Und dann schickt er mir einen Anwalt, der meinen letzten Willen niederschreiben soll. Was für ein Unsinn!«

Der Alte hüstelte leise. »Hatten Sie in der letzten Zeit häufig Kopfschmerzen, Herr Gorresberg?«, fragte er.

Ich schluckte. Mit einem Mal war all der Zynismus, den ich bis zuletzt krampfhaft verteidigt hatte, dahin. Fassungslos starrte ich von Thun an und schwieg. Was wusste dieser Alte?

Verdammt, ich durfte jetzt keine Schwäche zeigen! Von einem Tattergreis wie ihm, der schon mit mindestens anderthalb Fuß in der Grube stand, würde ich mich ganz bestimmt nicht ins Bockshorn jagen lassen, redete ich stumm auf mich ein. Es war eine bodenlose Frechheit, mir einen Mann wie ihn zu schicken, damit er meinen letzten Willen aufnahm. Wahrscheinlich hockte Sänger in diesem Augenblick ein paar Kammern weiter vor einem Monitor und registrierte jede meiner Reaktionen mit sadistischer Freude, zumindest aber mit erheblichem pseudowissenschaftlichen Interesse.

»Hatten Sie nicht in letzter Zeit einen Unfall, bei dem sich ein Mann in Ihrem Alter alle Knochen brechen sollte?«, fragte ich, als ich meine Fassungslosigkeit überwunden hatte, anstelle einer Antwort.

Der Advokat lächelte versonnen. »Ich würde weniger von einem Unfall als vielmehr von einem planmäßigen Rückzug sprechen«, antwortete er gelassen. »Aber in einem Punkt haben Sie gewiss Recht, Herr Gorresberg: Männer in meinem Alter sollten sich solcher Abenteuer enthalten. In einen Schacht springen, in dem mich ein mit Luft aufgeblasenes Kissen auffängt ...« Einen Moment lang schien von Thun durch mich hindurchzublicken, so, als betrachteten seine Augen etwas sehr weit Entferntes, etwas, das irgendwo in der Vergangenheit lag. Ein melancholischer Zug spielte um seine greisen Lippen. »Ich war schon immer zu Kapriolen aufgelegt«, erzählte er schließlich in leicht träumerischem Tonfall. »Ich hatte gerade meine Zulassung als Anwalt, da habe ich mich freiwillig bei den Fallschirmjägern gemeldet. Die haben damals nicht jeden genommen ...« Einen weiteren Augenblick lang lächelte der Alte still in sich hinein. Ein Hauch von Stolz blitzte in seinen Augen auf. »Grüne Teufel haben uns die Engländer im Krieg genannt. Wir waren verdammt stolz auf unseren Spitznamen.«

Einmal mehr leckte die feine rosafarbene Zungenspitze nach dem flaschengrünen Bleistift. Dann wandte er seinen Blick wieder mir zu, und das Lächeln in seinen Zügen erlosch. »Doch um auf Sie zurückzukommen, Herr Gorresberg: Professor Sänger hat mir versichert, dass Sie im günstigsten Fall noch drei Tage zu leben haben. Und es steht zu befürchten, dass Sie schon bald nicht mehr in der Lage sein werden, sich noch artikuliert auszudrücken.«

Ich bemühte mich wirklich darum, dem Alten kein Wort zu glauben, und wenn er es mit noch so großem Ernst und ohne ein verräterisches Wimpernzucken vortrug. Trotzdem fühlte sich mein Magen an, als würde er in diesem Augenblick zu einem stacheligen Klumpen zusammenschrumpfen, der seinerseits meine Gedärme schmerzhaft zu einer breiigen Masse zusammenquetschte. Natürlich hatte das grauenhafte Experiment, das Ellen offenbar an sich selbst durchzuführen gezwungen worden war, mich bereits das Schlimmste erahnen lassen. Nun aber begann das Gefühl von Gewissheit an der Ahnung dessen, was mit mir geschehen würde, zu nagen.

»Hat Ihnen denn niemand gesagt, wie krank Sie sind?«, fragte der Advokat, der den Wandel meiner Mimik aufmerksam verfolgt hatte. Er schaffte es tatsächlich, ein wenig betroffen auszusehen, während er diese Frage aussprach.

»Soll ich ermordet werden?«, fragte ich. »So wie die anderen?«

Von Thun sah mich indigniert an. Er schürzte die Lippen, gab dabei erneut ein schmatzendes Geräusch von sich und bedachte mein Gesicht auf diese Weise wieder mit einem feinen Nieselregen aus streng riechendem Speichel. »Sie doch nicht, Herr Gorresberg«, antwortete der Alte schließlich. »Sie wissen doch, dass Sie immer schon der besondere Liebling des Professors waren.«

Ein eisiger Schauer rann mir den Rücken hinab. Ich konnte mich nicht entscheiden, was mich nun mehr erschrecken sollte: die Tatsache, dass auch der Advokat so tat, als ob Professor Sänger mich bereits seit langer Zeit kannte, obwohl ich mich nach wie vor beim besten Willen nicht daran erinnern konnte, dem Professor je zuvor irgendwo begegnet zu sein, oder aber der Umstand, dass dieser wie ein harmloser, verwirrter Großvater wirkende Mann nicht den leisesten Versuch machte zu verbergen, dass Mord zum Geschäft des greisen Wissenschaftlers gehörte.

»Hatten Sie in letzter Zeit häufig Kopfschmerzen?«, wiederholte der Advokat die Frage, die ich gerade unbeantwortet gelassen hatte. Dieses Mal hörte ich etwas Lauerndes aus seinem Tonfall heraus. Der Alte wartete nicht wirklich auf eine Antwort, weil er sie bereits kannte. Ich spürte es ohne

Zweifel. Von Thuns Augen fixierten mich, und in diesem Moment fühlte ich mich wie der Angeklagte, der dem Staatsanwalt Rede und Antwort auf scharfe, hinterlistige Fragen stehen musste. Wahrscheinlich lag genau das in seiner Absicht. Er musste jahrzehntelang Erfahrungen in den verschiedensten Gerichtssälen gesammelt haben.

»Was wissen Sie darüber, von Thun?«, fragte ich.

»Ich habe Bilder gesehen«, antwortete der Alte ruhig.

Auf einmal hatte ich wieder das seltsame Gefühl, dass sich irgendetwas in meinem Kopf regte, etwas, das nicht dort hingehörte, sondern sich ungefragt hinter meiner Stirn eingenistet hatte. Ich musste an die Forschungssammlung zurückdenken, an all die geschwürverpesteten Hirne in den gläsernen Zylindern. Stopp, ermahnte ich mich selbst. Ich durfte mich nicht von diesem klapprigen Greis verrückt machen lassen. Da war nichts. Dieses Gefühl war nichts als pure Einbildung, ausgelöst durch das Gerede des dürren Alten, der seinen Speichelfluss nicht optimal unter Kontrolle hatte und mich beim Sprechen andauernd voll sprühte. Seine Worte beflügelten allerdings weiter meine Phantasie, die in dieser Nacht bereits viel zu oft mit mir durchgegangen war. Ich hatte mir alle möglichen Dinge schon viel zu lebhaft vorgestellt, so plastisch, dass sich manchmal die Grenzen zwischen Illusion und Wirklichkeit verwischt hatten. Ich durfte mich nicht in die Irre leiten lassen.

»Was für Bilder?«, fragte ich, war mir aber gar nicht sicher, ob ich die Antwort auf diese Frage überhaupt hören wollte. Befand ich mich nicht gerade in dieser Sekunde zufällig selbst in einer Kammer, die anscheinend einen Überwachungsraum darstellte, wenn sie nicht gerade als eine Mischung aus Zelle und Krankenzimmer missbraucht wurde? Hatte ich nicht selbst von hier aus zugesehen, wie Ellen sich eigenhändig den Leib aufgeschnitten hatte, während eine ganze Schar von Ärzten und Schwestern ihr dabei tatenlos zusah? Ich wusste noch immer nicht, was man mit mir angestellt hatte, während ich geschlafen hatte. Und wer dabei alles zugesehen hatte.

»Ich kenne mich mit diesen Dingen nicht so gut aus, Herr Gorresberg«, antwortete der Advokat ausweichend. »Das sollten Sie lieber den Professor fragen. Man hat bei Ihnen eine Kernspinto...« Von Thun verzog die Lippen und machte ein Gesicht, als hätte er in einen faulen Apfel gebissen. »Dieses Fachchinesisch der Mediziner kann ich mir einfach nicht merken. Dabei habe ich ein humanistisches Gymnasium besucht. Damals war es ganz selbstverständlich, dass man Latein und Griechisch lernte«, sagte er in entschuldigendem Tonfall. »Aber mein Gedächtnis ist heute wie ein Sieb. Ich kann mir dieses neue Fremdwort einfach nicht merken. Aber ich könnte Homer übersetzen, dessen bin ich mir ...«

»Kernspintomographie«, unterbrach ich den Redefluss des Alten, ehe er zum Beweis für seine Behauptung übergehen und damit beginnen konnte, altgriechische Verse herunterzurasseln. »Ist das der Fachausdruck, den Sie sich nicht merken konnten?«

»Ja, der ist es.« Von Thun wirkte ein wenig verlegen. »Das hat man mit Ihrem Kopf gemacht. Vor und nach der Operation wegen der Schussverletzung. Sie haben ein großes Geschwür in Ihrem Gehirn. Einen bösartigen Tumor. An den Bildern konnte man erkennen, wie sehr er sich in den zwei Stunden der Operation ausgebreitet hat. Er ist wie ein Polyp, der seine Arme immer weiter in Ihr Gehirn ausstreckt.«

Oder wie ein Alien, schoss es mir durch den Kopf. Ein Alien, der innen an meiner Schädeldecke schabte und an meinem Verstand nagte, der nicht nur an der Oberfläche meines Charakters kratzte, sondern genüsslich immer weitere gewaltige Löcher in ihn hineinzufressen versuchte, wo, wenn sie überhaupt wieder verheilten, eine Unzahl hässlicher dicker Narben zurückblieb. Ein ungebetener Gast in meinem Kopf, der sich durch die Windungen meines Gehirns fraß, der in rasendem Tempo wuchs und immer fester, immer schmerzhafter gegen meine Schädelplatten drückte und mir immer wieder das Bewusstsein raubte.

Der Alte log nicht. Er sagte nur, was er gesehen und gehört hatte, und was er sagte, war nur einleuchtend. Sänger hatte ihn geschickt, damit er mit mir ein Testament aufsetzte, und er hatte es ernst gemeint. Möglicherweise beobachtete er mich in diesen Sekunden tatsächlich, verfolgte mit perverser Neugier jeden meiner Gesichtszüge, jedes meiner Worte. Er interessierte sich für mein Sterben.

Ich hatte mir den Tod noch vor wenigen Minuten herbeigewünscht. Nun aber verspürte ich ein überwältigendes Verlangen nach Leben, nach mehr

Leben, nach einem längeren Leben. Ich wollte alt werden, ein alter Greis wie Sänger und von Thun. Sänger hätte es verdient, so früh und so qualvoll zu krepieren, aber doch nicht ich! Ich hatte niemandem etwas zuleide getan, ich war immerzu ein bescheidener Mensch gewesen, ein Einzelgänger, der zwar keine Ansprüche erfüllte, aber dafür auch keine stellte. Ich wollte leben, und ich wollte mich ändern. Ich wollte mit Judith zurück in die Staaten gehen und eine Familie mit ihr gründen, wichtig sein, gebraucht werden, lieben und geliebt werden. Verdammt, auf einmal hatte ich so schrecklich viel vor, plötzlich fielen mir so unendlich viele Dinge ein, die ich in meinem Leben noch hätte tun wollen oder sollen!

Aber ich wusste, dass ich sterben würde. Es war ungerecht, einfach nur unendlich ungerecht, aber von Thun sagte die Wahrheit, und ich würde sterben. Noch vor ihm und vor Klaus Sänger, dem Menschenschinder, der tausend Tode vor mir verdient hätte. Meine Resignation verwandelte sich in Wut und meine Fassungslosigkeit und Hoffnungslosigkeit in eine trotzige Gier nach Leben. Ich sollte also einen Erben benennen. Es gab nicht viel, was ich besaß, aber für die wenigen Dinge, die ich hatte, für meine Möbel, meinen Mietvertrag, meine Anlage, meine Schallplattensammlung und für die paar Kröten, die noch auf meinem Sparbuch lagen, musste ich jemanden bestimmen, dem ich all das von Herzen gönnte.

Aber wen?

Ich erinnerte mich daran, mich insgeheim über Carl lustig gemacht zu haben, der seine Kneipe ohne weiteres tagelang geschlossen halten konnte, ohne vermisst zu werden. Zerberus, den Komparsen dieser Welt, den dickleibigen Wirt, den niemand brauchte, auf den man auf allen Kontinenten verzichten konnte. Aber was war ich?

Ich war mindestens ebenso überflüssig auf dieser Welt. Ich hatte mir Mühe gegeben, mich nie einsam zu fühlen. Mein Stolz hatte es nicht zugelassen. Ich hatte von mir verlangt, Einsamkeit als Freiheit und Freiheit als Glück zu betrachten. In Wirklichkeit war es eine tief in mir verankerte Angst vor Versagen und vor Enttäuschungen gewesen, die mich vor jeglicher Art von Bindung immer wieder in die vermeintliche Freiheit flüchten ließ. Ich war schon immer ein Feigling gewesen. Sogar vor mir selbst war ich immerzu davongelaufen.

»Und?«, fragte von Thun mit leichter Ungeduld im Unterton.

»Ich ... ich werde einen Erben benennen«, antwortete ich und blickte an dem Alten vorbei ins Leere. Die Monitore waren ausgeschaltet worden. Von Thun leckte ein weiteres Mal an seiner Bleistiftspitze, rückte seinen Block ein wenig zurecht und sah mich, bereit zum Diktat, erwartungsvoll an.

Gut, anscheinend gab es niemanden, dem ich wichtig war. Aber gab es einen Menschen, der mir etwas bedeutete?

Ich hatte in den vergangenen Jahren wie ein Getriebener gelebt, wie ein Streuner, wie ein Landstreicher de luxe. Rastlos, von einer ständigen Unruhe erfüllt, war ich umhergezogen, hatte es nie länger an einem Ort ausgehalten als ein paar

Monate, wenn es hochkam, auch mal ein halbes Jahr. Ich hatte nicht nur kein Bedürfnis danach gehabt, Wurzeln zu schlagen, sondern mich regelrecht davor gefürchtet, zur Ruhe zu kommen, mich niederzulassen, mich auf die Menschen um mich herum einzulassen und andere hinter meine Fassade blicken zu lassen. Es war eine Flucht gewesen, die mein Leben lang angedauert hatte, eine Flucht vor Beziehungen, vor Vertrauen, vor mir selbst – vielleicht auch vor etwas, was irgendwo tief in mir schlummerte und sich meinen Erinnerungen entzog? Wenn dem so war, dann war diese Flucht hier und jetzt endgültig gescheitert. Dieser ominöse Professor Sänger, dessen Lieblingsschüler ich angeblich gewesen war, hatte mich eingeholt.

Jedenfalls gab es keine Verwandten, die mich vermissen würden, wenn ich in dieser Klinik (oder was auch immer das hier war) starb. Meine Freundschaften waren recht oberflächliche und kurzlebige Angelegenheiten gewesen, eigentlich nur bessere Bekanntschaften, Leute, mit denen ich mich ein paar Mal mehr oder minder zufällig getroffen und ein paar Feten geschmissen hatte, um mich dann wieder von ihnen zu verabschieden und ins Ungewisse aufzubrechen.

Was war mit Judith? In dieser Nacht war sie mir wie eine Erscheinung vorgekommen, ich hatte sie gebraucht und zum ersten Mal nicht unter dem Gefühl gelitten, gebraucht zu werden. Aber wenn ich ehrlich zu mir war, musste ich zugeben, dass ich sie im Grunde genommen überhaupt nicht kannte. Ich wusste nicht einmal ihren vollständigen Namen!

Sylvia vielleicht ... Sie hatte mich wirklich geliebt. Unsere Beziehung war eine eher einseitige gewesen, und eine kurzfristige noch dazu. Sylvia hatte eine Beziehung mit mir gehabt, und ich hatte nicht dagegen protestiert. Sie war hübsch gewesen, sie hatte Sex-Appeal gehabt und es ehrlich mit mir gemeint, das hatte ich die ganze Zeit über gewusst. Aber genau das war es gewesen, was mich von ihr fortgetrieben hatte, wieder in eine neue Stadt, in eine andere Kultur sogar. Ich hatte gespürt, dass ich Gefahr laufen würde, sie zu lieben, wenn ich mich nicht zeitig von ihr löste. Das Gefühl, an dem gnadenlosen Vertrauen, mit dem sie mich überschüttete, zu ersticken, war einfach zu stark gewesen. Ich wollte mich nicht emotional binden, nicht einmal an sie. Ich wusste, dass sie nach mir gesucht hatte, nachdem ich einfach abgehauen war, ohne ein Wort zu sagen oder auch nur einen Abschiedsbrief zu hinterlassen. Mit den wenigen Habseligkeiten, die ich besaß, war ich einfach aufgebrochen und weitergezogen, bei Nacht und Nebel und ohne einen letzten Gruß. Ein anderes Land, eine andere Stadt, eine andere Bar, hinter der ich bediente, und neue, flüchtige Freunde. Ja, Sylvia hatte mir wirklich etwas bedeutet. Ich hatte das Gefühl gehabt, überhaupt nicht weit genug vor ihr davonlaufen zu können. Ich hatte nicht gebraucht werden und die Verantwortung nicht tragen wollen, die ich mir selbst abverlangt hätte, wäre ich lange genug bei ihr geblieben, um mich tatsächlich in sie zu verlieben. Und nun wusste ich, dass meine Entscheidung, sie zu verlassen, die richtige gewesen war, dachte ich bitter. So konnte ich ihr ersparen, meinen Tod hier mitzuerleben. Wahrscheinlich hasste sie mich, aber auch das war gut und richtig so. Das würde es ihr leichter machen, wenn sie hörte, dass sie die paar Kröten erbte, die ich zu hinterlassen hatte.

»Sylvia Stein«, sagte ich matt. »Sie soll meine Erbin sein.«

Der Bleistift des Advokaten kratzte über das graue Papier. Der Alte nickte beiläufig. »Die exotische Tänzerin«, kommentierte er.

Ich horchte irritiert auf und blickte den Greis misstrauisch an. »Woher kennen Sie sie?«, fragte ich. Und woher zum Teufel wusste dieser alte Knochen, dass Sylvia eine Stripperin war?

Von Thun verschanzte sich hinter ein paar Knitterfalten, die in ihrer Gesamtheit so etwas wie ein Lächeln bildeten. »Hatten Sie nie das Gefühl, beobachtet zu werden, Herr Gorresberg?«, fragte er.

»Nein!«, entfuhr es mir energisch. Alle Melancholie des Augenblicks war plötzlich verflogen. »Paranoia ist kein mir vertrauter Wesenszug«, setzte ich sarkastisch hinzu.

»Überraschend, wie arglos manch einer doch ist«, erwiderte der Alte spitz. »Natürlich wurden Sie beobachtet, seit Sie die Schule hier verlassen haben. Sie waren viel zu kostbar, um Sie aus den Augen zu verlieren. Der vielversprechendste Kandidat der letzten Generation.«

»Was meinen Sie damit?«

»Sie haben doch den Film mit den Pfadfindern gesehen«, antwortete von Thun gelassen. »Haben Sie sich wiedererkannt?«

Ich nickte stumm.

»Das mit dem Rehkitz …« Der Alte blickte

mich durchdringend an. Ich musste an den Spitznamen der Fallschirmjäger denken. Grüne Teufel. Zumindest auf von Thun passte diese Bezeichnung wie die sprichwörtliche Faust aufs Auge. Er war ein Teufel, der sich hinter der Maske eines harmlosen Großvaters versteckte. »Ich möchte wetten, Sie haben sich eingeredet, die Sache mit dem Mähdrescher sei ein Unfall gewesen«, sprach von Thun weiter, als ich nicht antwortete. »Habe ich Recht, Herr Gorresberg? Sie irren. Sie haben das Tier getötet.«

»Sie meinen, ich habe es aufgeschreckt«, korrigierte ich den Alten, wobei ich mich redlich bemühte, das seltsame Gefühl eines Déjà-vus, das sich bei der Erinnerung an das Video erneut einstellte, zu ignorieren. »Ich habe es aufgeschreckt, als ich durch den Wald gelaufen bin.« Was redete ich nur für einen Unsinn? Ich war nicht durch diesen Wald gelaufen, verflucht noch mal! »Und dann …«

Vor meinem geistigen Auge wurde der Leib des zierlichen Tieres ein weiteres Mal vom Schneidewerk des laufenden Mähdreschers in Stücke gerissen. Fetzen von Fleisch, Blut und Knochensplitter spritzten zwischen den mit scharfen Klingen versehenen Balken hervor.

»Horchen Sie in sich hinein.« Von Thun bedachte mich mit einem herausfordernden Blick. »Sie sollten wissen, dass es nicht so gewesen ist. Haben Sie die Mauer denn immer noch nicht überwunden?«

»Welche Mauer?«

»Sagt Ihnen Doktor Gobler etwas?« Der Greis legte den Kopf schräg.

»Welche Mauer?«, wiederholte ich gereizt. »Weichen Sie mir nicht aus, von Thun! Wovon reden Sie?«

Der Advokat schüttelte bedächtig den Kopf. Fast wirkte er ein bisschen verlegen. »Es tut mir Leid, Herr Gorresberg«, sagte er in bedauerndem, aber entschlossenem Tonfall. »Ich bin wirklich nicht befugt, Ihnen das zu sagen. Erinnern Sie sich an Doktor Gobler. Dann werden Sie auch wissen, welche Mauer Sie einreißen müssen.«

»Und wer zum Teufel ist Doktor Gobler?« Meine Geduld neigte sich deutlich ihrem Ende zu. Von Thuns geheimnistuerische Art, seine Anspielungen und aberwitzigen Behauptungen trieben mich zur Weißglut. Fast hätte ich ihn angeschrien.

Wieder schüttelte der Alte bedauernd den Kopf. Dann zuckte er mit den knochigen Schultern und seufzte tief. »Sylvia Stein ist wirklich eine bildhübsche Frau«, sagte er in einem Tonfall, als hätten wir während der ganzen Zeit, die er hier bei mir war, über nichts anderes gesprochen als über die Stripperin. »Eine besondere Frau.«

Ich bemühte mich darum, mich zusammenzureißen und nicht endgültig die Fassung zu verlieren. Wäre da nur nicht dieses verdammte Beruhigungsmittel, von dem die Maschinen mit Sicherheit immer mehr in mich hineinpumpen würden, sobald mein Puls stieg! Ganz ruhig, ermahnte ich mich. Ich würde es diesem aalglatten Anwalt schon zeigen, aber auf eine andere Art.

»Hatte Doktor Gobler mit dem Projekt Prometheus zu tun?«, fragte ich lauernd.

Von Thun wirkte überrascht, und ich klopfte

mir innerlich selbst auf die Schultern. Eins zu null, dachte ich, wobei ich bewusst darauf verzichtete, die Tore der Proberunde mitzuzählen. Der Advokat legte den Kopf schief und musterte mich, als sei ich ein besonders widerliches Insekt. »Das Projekt Prometheus«, wiederholte er gedankenverloren.

Das also war der Weg, dachte ich bei mir. Ich würde ihn überrumpeln, ihn mit seinen eigenen Waffen schlagen. »Sie wissen, wovon ich spreche.« Ich bemühte mich um einen eindringlichen Tonfall. »Hitler hat es angeordnet, nicht wahr?«

Der Alte grinste gehässig, und ich hätte mich selbst geohrfeigt, wäre ich nicht noch immer geschwächt und außerdem an ein gutes Dutzend Kabel und Schläuche angeschlossen gewesen. In ihrem Gewirr hätte ich mich bei dem bescheidenen Geschick, mit dem Gott mich ausgestattet hatte, wahrscheinlich augenblicklich rettungslos verheddert, wenn mich nicht schon vorher die widerliche Maschine auf Rollen neben meinem Bett mit dem Narkosemittel in ein künstliches Koma befördern würde.

»Netter Versuch, Herr Gorresberg«, spöttelte der Greis. »Vergessen Sie nicht, dass das Spiel mit Worten fast ein halbes Jahrhundert lang mcin tägliches Geschäft war. Messen Sie sich nicht mit mir. Übrigens hat der Führer angeblich einen seiner Tobsuchtsanfälle bekommen, als er erfuhr, wie Professor Sänger das Projekt getauft hatte. Hitler war völlig gefangen in seinem Germanenwahn. Dass wir keinen Namen aus der nordischen Götterwelt gewählt hatten, hat er als persönlichen Affront aufgefasst. Damit wäre das Projekt beinahe schon wieder gestorben gewesen, noch bevor es richtig begonnen hatte. Dass wir dennoch forschen konnten, verdanken wir allein einem Zwischenfall im Warschauer Gestapo-Gefängnis. Es war Wolf Gregorewitsch Messing, der das Ruder für uns herumgerissen hat. Er hat dem Führer Angst gemacht. Heute ist Messing nicht einmal eine Fußnote der Geschichte. Ich denke, selbst unter Experten ist er nur den wenigsten Historikern bekannt. Aber in seiner Zeit war er ein bedeutender Mann. Hitler fürchtete ihn, und Stalin hat ihn unter seinen besonderen Schutz gestellt. Er hat zwei der mächtigsten Männer der Welt beeinflusst, und heute ist er vergessen.«

Ich verstand nicht, wovon der Alte redete, und ich interessierte mich auch nicht wirklich für Hitler, geschweige denn für diesen Messing. Dennoch betete ich inständig darum, dass von Thun weitersprechen möge. Ich musste einen günstigen Ansatzpunkt finden, von dem aus ich unauffällig auf das ursprüngliche Thema zurücklenken konnte. »Sie kannten diesen Herrn Messing?«, hakte ich nach.

»Kennen?« Der Alte fuhr sich mit der Zunge über die trockenen Lippen und schließlich mit dem Handrücken über das Kinn, als er bemerkte, dass er sabberte und ein Tröpfchen Speichel über seine Unterlippe rann. »Nein«, sagte er. »Ich habe ihn nie getroffen. Und dennoch hat er mein Leben bestimmt wie nur wenige andere. Wissen Sie, auf Kreta bin ich schwer verwundet worden.«

»Tatsächlich?« Innerlich stöhnte ich auf. Der Alte sollte ja erzählen, aber doch nicht von alten

Kriegsgeschichten. Ich wollte wissen, was auf Burg Crailsfelden geschehen war, und vor allen Dingen, was ich damit zu tun hatte.

»Kreta war ein toller Fehlschlag!« Von Thun nickte heftig. »Man hat uns gesagt, auf der ganzen Insel gebe es nur fünftausend Verteidiger. In Wirklichkeit aber waren es 42 000. Und obendrein wussten die noch, dass wir kommen. Wissen Sie, ich gehörte zum dritten Bataillon des Fallschirmjägersturmregiments. Wir sind direkt in die Stellungen eines gut getarnten neuseeländischen Pioniertrupps gesprungen. Die meisten meiner Kameraden hatte es schon erwischt, bevor wir auf dem Boden waren. Ich sage Ihnen, nie wieder war so viel Blei in der Luft. Das ist die Hölle! In der Luft zu hängen, während von unten aus allen Rohren geschossen wird ... Fünf Kugeln habe ich abbekommen, und einen Granatsplitter. Ein Jahr hat es gedauert, bis ich wieder aus dem Lazarett war.«

»Und?«, bohrte ich nach, obgleich der Ausdruck in den Augen des Alten mir deutlich verriet, dass die Erinnerung an die Schrecken und Niederlagen des Krieges ihn noch immer schmerzten. Vielleicht eben deshalb. »Haben Sie im Krankenhaus ein Testament verfasst?« Es war mehr als nur Ironie oder ein Touch Sadismus, was mich diese Frage dazwischenwerfen ließ. Wenn ich schon keine Chance hatte, den Advokaten mit seinen eigenen Waffen zu schlagen, so bestand wenigstens ein Hauch von Hoffnung, dass er sich meiner erbarmen würde, wenn es mir nur gelang, eine Parallele zu schaffen, auf deren Basis er Mitleid mit mir empfand.

»O ja, das habe ich«, antwortete von Thun ernst.

»Als ich wieder zu mir kam, lag ich in Heraklion im Lazarett. Alle haben mich angesehen, als sei ich schon tot. Einem Kameraden habe ich mein Testament diktiert. Er hat es auf Butterbrotpapier geschrieben und mir dann eingesteckt. Ich habe es noch heute.«

Der Advokat starrte tief in Gedanken versunken vor sich hin und schwieg eine geraume Weile.

»Danach war ich noch in Athen und später in Heidelberg im Lazarett«, fuhr er schließlich fort. »Es war klar, dass ich nie wieder zur kämpfenden Truppe zurückkonnte. Ich habe meinen Abschied genommen. Man hat mir empfohlen, in die allgemeine SS einzutreten, weil ich dort als junger Anwalt schnell Karriere machen konnte. So gelangte ich in das Amt A in der Dienststelle Persönlicher Stab Reichsführer SS. Dort hatte ich mit Rechtsaspekten für die verschiedensten Forschungsprojekte der Studiengesellschaft für Geistesgeschichte Deutsches Ahnenerbe zu tun. Was für ein Club von Irren da versammelt war, kann man sich heute kaum vorstellen.« Von Thun zwang sich zu einem gequälten Lächeln. »Sie müssen wissen, dass Himmler sich sehr für Esoterik und Germanentum interessierte und jeden Hansdampf, der klug daherschwätzte, mit Forschungsgeldern zugeschüttet hat. Aber lassen wir das …« Er machte eine wegwerfende Handbewegung und schüttelte den Kopf. »Mein besonderes Aufgabengebiet wurde die Abwicklung von Zwangsadoptionen«, sprach der Alte weiter, und ich suchte vergeblich nach einer Spur von Scham oder schlechtem Gewissen im Klang seiner Worte. Ebenso gut hätte er sagen können: Ich wurde Spezialist für Unterhaltsfragen. Es hätte sich nicht selbstverständlicher angehört. »Damals lernte ich Sturmbannführer Richard Krause kennen. Er suchte Kinder in Polen und in der Ukraine. Ich habe ihm mitunter in Rechtsbelangen geholfen. Er brachte mich zu Professor Sänger. Krause war mein Bindeglied zum Projekt Prometheus. Anfangs habe ich auch das nur für eine weitere Spinnerei gehalten. Nichts Konkretes, so wie die Unterkühlungsversuche, die Dr. Rascher in Dachau machte.«

Was dich aber nicht daran gehindert hat, reinen Gewissens unschuldige Kinder für diese Spinnerei einzuklagen, fügte ich in Gedanken bitter hinzu. Ich konnte nicht fassen, wie sehr der Inhalt seiner Worte ihrem Tonfall widersprechen konnte. Von Thun redete, als sei alles, was er getan hatte, vollkommen selbstverständlich gewesen!

»Aber Sänger hatte eine besondere Ausstrahlung«, fuhr von Thun fort, und seine Stimme nahm einen leicht schwärmerischen Klang an. »Er war ein Visionär, im gleichen Maße, in dem er Wissenschaftler war. Er hat mich nach Crailsfelden eingeladen und mir sein Forschungsprojekt vorgestellt. Sänger ist ein Mann, dem man nicht widerstehen kann.«

Der Advokat schüttelte den Kopf, und ich spürte bittere Galle in mir aufsteigen, während ich mir vorstellte, wie es wohl ausgesehen haben mochte, als der Professor dem Advokaten sein Projekt vorgestellt hatte, wie er ihm unzählige makellos blonde und blauäugige Kinder vorgeführt, geradezu auf einem Tablett serviert hatte – in Einzelteile zerlegt und mit einer stinkenden Flüssigkeit für die Ewigkeit haltbar gemacht. Was war es genau gewesen, dem von Thun nicht hatte widerstehen können? Ich wollte es überhaupt nicht allzu genau wissen.

»Und wenn Krause für ihn ein vielversprechendes Kind aufgespürt hat, dann hat er Himmel und Hölle in Bewegung gesetzt, um es nach Crailsfelden zu holen«, erzählte der Greis verträumt weiter. »Auch wenn es reichsdeutsche Kinder waren. Da musste ich dann in der Regel eingreifen.« Er bemühte sich um ein bitteres Lächeln, doch irgendwie wirkte es eher selbstgefällig auf mich. »Sie können sich wahrscheinlich nicht vorstellen, was ein Stück Papier bewirkte, in dessen Briefkopf Persönlicher Stab des Reichsführers SS stand. Wir waren bei unseren Bemühungen immer erfolgreich.«

»Und was ist mit den Kindern geschehen?« Es fiel mir schwer, von Thuns verwickelten Ausführungen zu folgen. Die Abscheu, die ich über das wenige, was ich zu verstehen glaubte, empfand, erschwerte es mir zusätzlich, seine Erzählungen objektiv nachzuvollziehen.

»Sie wurden nach Crailsfelden gebracht«, antwortete der Alte. »Neben dem Müttergenesungsheim gab es eine kleine Schule für Hochbegabte. Das Müttergenesungsheim war nur Tarnung – Professor Sänger hat es nur einrichten lassen, um später auch eine Entbindungsstation und eine Säuglingsstation auf der Burg zu haben. Aber dazu kam es dann nicht mehr …«

»Was hat man mit den Kindern hier gemacht?«, wiederholte ich. Ich spürte, dass ich der Antwort auf alle Fragen nah war. Vielleicht näher, als mir tatsächlich lieb sein konnte. Aber was machte das schon aus. Ich würde ohnehin sterben, und wenn ich schon hier verrecken würde, dann wollte ich wenigstens die Wahrheit mit in den Tod nehmen.

Von Thun blickte auf und lächelte kalt. »Wussten Sie, dass schon Ihre Großeltern als Kinder hier waren?«, entgegnete er anstelle einer deutlichen Antwort. »Adolf und Elisabeth Gorresberg. Ich erinnere mich noch genau an die beiden. Krause hat sie gebracht. Wir haben uns zusammen die neuen Namen ausgedacht. Ihre Großmutter haben wir zu einer geborenen Stürmer gemacht.« Er lachte hässlich. »Die Idee kam uns, weil Richard eine Ausgabe des *Stürmer* auf seinem Schreibtisch liegen hatte. Ich kann mich noch daran erinnern, als sei es gestern gewesen. Seltsam, nicht wahr? Man erinnert sich in aller Deutlichkeit an etwas, was vor sechzig Jahren passiert ist, aber an das, was gestern war, erinnere ich mich kaum noch.«

Ich starrte den Alten einfach nur fassungslos an. Ich konnte einfach nicht glauben, wie von Thun in der Lage sein konnte, in solch einem Plauderton von seinen menschenverachtenden Verbrechen zu erzählen! Am liebsten wäre ich aufgesprungen und hätte ihm eigenhändig das Genick gebrochen, wenn nicht für das, was er getan hatte, dann zumindest für die perverse Abgebrühtheit, mit der er darüber sprach. Aber ich fürchtete, dass der Advokat aufhören würde, von Crailsfelden zu erzählen, wenn ich ihn anfeindete. Ich musste alles wissen. Ich hatte schon viel erfahren, zu viel für meine sensible Seele, aber nicht das, was ich hatte wissen wollen. Was zum Teufel war meine Rolle in dieser kranken Geschichte?

»Was war mit diesem Herrn Messing«, fragte ich deshalb nur.

Von Thun fuhr sich mit einer flüchtigen Geste über die runzlige Stirn. Ich erwartete fast, dass seine wie Pergamentpapier glänzende uralte Haut unter dieser Bewegung knistern würde, aber sie tat es nicht.

»Messing, ja, ja …«, antwortete der Alte kopfschüttelnd. »Entschuldigen Sie – ich glaube, ich habe in meinen Ausführungen etwas den Faden verloren. Der Jude Messing war der Dreh- und Angelpunkt im Projekt Prometheus. Weil es ihn gab, konnte Professor Sänger sicher sein, dass er alle Unterstützung von Himmler und vom Führer selbst bekommen würde. Messing war das, was man im Volksmund einen Wahrsager nennt. Gleich zu Beginn des Krieges hat er vorausgesagt, dass die deutsche Wehrmacht im Osten eine schreckliche Niederlage erleiden würde. Von einem überzeugten Kommunisten kann man nichts anderes erwarten … Ärgerlich war allerdings, dass diese Geschichte in mehreren polnischen Zeitungen abgedruckt wurde. Messing wurde zur Symbolfigur der Hoffnung, nachdem wir Polen besetzt hatten. Deshalb hat man ein Kopfgeld von zweihunderttausend Reichsmark auf ihn ausgesetzt. Damals war das eine ungeheure Summe! Dennoch hat es überraschend lange gedauert, bis die Gestapo ihn aufspüren konnte und in ihr Hauptquartier brachte.«

Wieder blickte von Thun einen Moment lang

schweigend an mir vorbei und runzelte die Stirn, als müsste er überlegen, wie er seine folgenden Schilderungen formulieren könnte.

»Von dort aus ist er dann unter ungeklärten Umständen entkommen«, fuhr er schließlich fort. »Er scheint einfach so herausspaziert zu sein. Gestapo, SD und Polizei haben vergeblich versucht, ihn noch einmal zu fassen zu bekommen. Ich glaube, es war einer der Spitzel des Oberst von Gehlen, des Chefs der Abteilung Fremde Heere Ost im Generalstab des Heeres, der mit neuen Erkenntnissen über Messing kam.« Von Thun stutzte kurz. Dann schüttelte er den Kopf. »Ich bin mir nicht ganz sicher. Vielleicht war es auch ein Spitzel des SD, der in Diensten von Admiral Canaris stand«, seufzte er schulterzuckend. Ich biss mir auf die Zunge, um den Advokaten nicht darauf hinzuweisen, dass mich solcherlei Details in keiner Weise interessierten. »Jedenfalls hat das Oberkommando im Sommer 1942 Nachricht davon erhalten, dass es Wolf Gregorewitsch Messing geschafft hatte, sich nach Russland durchzuschlagen. Dort hat er sich wieder als Hellseher betätigt. Der Mann hatte nichts dazugelernt. Er hätte wissen sollen, dass man sich in Diktaturen besser nicht als Hellseher ausgibt, selbst dann nicht, wenn man ein linientreuer Kommunist ist.«

Von Thun stieß ein trockenes Lachen aus, das sich fast wie ein Husten anhörte. »Na ja, ein Oberst des NKWD – so hieß damals der Geheimdienst, der später zum KGB wurde – hat Messing verhaftet«, fuhr er fort. »Man erzählt sich, dass der Oberst damals gesagt habe, Hellseher seien in der Sowjetunion unerwünscht, weil es sie gar nicht gäbe. Messings Ruf war damals schon so bedeutend, dass sich Stalin in die Angelegenheit einschaltete und befahl, man solle Messings Talent auf die Probe stellen. Und über das, was dann passierte, haben zwei Offiziere des NKWD unabhängig voneinander Zeugnis abgelegt. Messing ging in eine Bank und überreichte dem Hauptkassierer ein Blatt, das er aus einem Schulheft herausgerissen hatte, woraufhin der Kassierer ihm ohne weitere Prüfung hunderttausend Rubel auszahlte. Der Mann muss unter Hypnose gestanden haben, oder wie auch immer man Messings besondere Begabung nennen mag. Als man ihm darlegte, dass er einen Schmierzettel als Scheck angenommen hatte, bekam der Gute eine Herzattacke.«

Von Thun grinste ein schelmisches Grinsen, als erzählte er von einem albernen Knabenstreich aus seiner Kindheit. Dann schüttelte er den Kopf. »Völlig überzeugt war Stalin, als Messing wenig später ungehindert in seine schwer gesicherte Datscha eindringen konnte und alle Wachtposten der Meinung waren, an ihnen sei Lawrenti Berija vorbeigegangen, der Chef des NKWD und seines Zeichens einer von Stalins engsten Vertrauten«, plauderte der Greis weiter. »Dazu ist anzumerken, dass Messing nicht die geringste Ähnlichkeit mit Berija hatte. Danach durfte Messing seine paranormalen Fähigkeiten für den Geheimdienst einsetzen. Was genau er dort getan hat, ist allerdings bis heute ungeklärt. Jedenfalls hat die Geschichte von Messing damals einige Unruhe in der Umgebung des Führers ausgelöst. Ein solcher Mann wäre der perfekte Attentäter gewesen. Von dem Tag an, als dieser Bericht im Führerhauptquartier und beim Reichsführer SS vorlag, hatten die Forscher im Projekt Prometheus völlig freie Hand. Nur ist es leider einfacher, irgendwelche Wunderwaffen zu bauen, als Kinder mit paranormalen Fähigkeiten aufzuspüren. Und Kinder mussten es sein, denn sie sollten völlig im Geiste des Nationalsozialismus erzogen werden, um später wirklich zuverlässige Instrumente zu sein. Des Weiteren war es Himmlers Wunsch, dass alle diese Kinder den strengsten Maßstäben eines arischen Menschentyps entsprechen sollten. Sie sollten die Urzelle einer neuen Rasse von Supermenschen werden, so wünschte es sich der Reichsführer.«

Von Thun maß mich mit einem Blick, als schätzte er ein Stück Vieh ein – zumindest kam es mir in diesem Augenblick so vor. Ich sah weg.

»Wenn ich Sie mir so ansehe, Herr Gorresberg, dann ist das Projekt Prometheus zumindest diesem Anspruch gerecht geworden«, behauptete er schließlich. »Auch wenn es nicht geglückt ist, den tödlichen Makel, der allen Begabten anhaftete, auszumerzen.«

»Was für einen Makel?« Ich ahnte die Antwort nicht nur, ich wusste sie eigentlich längst. Er hatte es mir schon einmal gesagt, und ich hatte es mit eigenen Augen gesehen, in der Forschungssammlung unter der Burg. Hässliche dunkelgraue Geschwüre, die sich in komplizierte Hirnwindungen fraßen. Ich spürte den Alien hinter meiner Stirn. Wie weit reichten seine Tentakel?

»Alle Begabten haben einen Tumor im Bereich

des Großhirnstirnlappens ausgebildet«, bestätigte von Thun meine Erwartung. »Diese Tumore werden mit zunehmendem Alter der Probanden immer aggressiver.« Der Greis zuckte mit den Schultern. »In all den Jahren haben wir nicht einen Begabten gehabt, der diesen Makel nicht aufwies. Und die Generationenfolgen sind so langsam ... Bis jetzt. Ich werde das Ende der Forschungen nicht miterleben, aber die nächste Generation wird die Saat für eine neue Spezies sein. Das Projekt Prometheus wird abgeschlossen werden!«

Der Advokat erhob sich und verneigte sich knapp vor mir. »Ich werde Sie nun verlassen, Herr Gorresberg. Ich danke Ihnen, dass Sie mit mir zusammengearbeitet haben. Sie können sicher sein, dass Ihr Erbe in Ihrem Sinne abgewickelt wird. Im Übrigen überschreibt Professor Sänger etwaigen Hinterbliebenen stets auch eine nicht unerhebliche Summe aus unserem Stiftungsvermögen. Frau Stein wird damit in die Lage versetzt werden, ihr Leben von Grund auf zu verändern – wenn sie das denn möchte.«

Von Thun verstaute seinen grauen Notizblock in seiner museumsreifen Aktentasche. Er wirkte erschöpft. Mit gebeugtem Gang ging er in Richtung Tür.

»Was ... was ist mit Ellen?«, rief ich dem Advokaten nach. »Die Operation – wie ist sie ausgegangen?«

»Es geht Frau Doktor Bergmann den Umständen entsprechend gut«, entgegnete der Alte, ohne sich dabei zu mir umzudrehen oder auch nur im Schritt innezuhalten.

»Und Judith?«

»Auch Frau Doktor Kuhrmann geht es gut.«

Ich stutzte. Frau Doktor Kuhrmann, dachte ich verwundert. War Judith etwa Akademikerin? Oder sogar Ärztin?

Ich öffnete den Mund, um dem Greis eine entsprechende Frage nachzuwerfen, aber es war bereits zu spät. Von Thun hatte den kleinen Raum verlassen und die Tür hinter sich geschlossen. Warum hatte Judith mir nicht gesagt, dass sie Ärztin war?

Vielleicht ist sie das ja gar nicht, redete eine leise Stimme hinter meinen Ohren beschwichtigend auf mich ein.

Und wenn doch? Konnte es sein, dass sie irgendetwas mit diesem ominösen Professor und seinen menschenunwürdigen Forschungen zu tun hatte? Konnte es sein, dass sie mich in seinem Auftrag –?

Ich hatte sie nie gefragt, was sie von Beruf war. Deshalb hatte sie es mir nicht gesagt. Verdammtes Erbe! Ich war einfach mit einer mir wildfremden Frau in die Kiste gesprungen, mit einem Mädchen, von dem ich nichts, aber auch wirklich gar nichts wusste! So schnell konnte es gehen, wenn die Gier nur groß genug war. Wie hatte ich nur so dämlich sein können, mich darauf einzulassen. Wahrscheinlich hatten die perversen Alten, von denen es hier irgendwo ein Nest geben musste, uns lüstern dabei zugesehen, wie wir übereinander herfielen!

Doktor Kuhrmann … Es ärgerte mich, dass ich nicht mehr über Judith wusste, selbst dann, wenn sie tatsächlich keine aktive Rolle in diesem ganzen Komplott spielte. Ich hatte sie flachgelegt und es sogar insgeheim darauf abgesehen, ein Kind mit ihr zu zeugen. War es möglich, dass all die euphorischen Gefühle, die in dieser Nacht über mich hereingebrochen waren, als wir einander die Kleider vom Leib gerissen hatten, nichts anderes waren als ein Schutzwall, den meine Seele ganz bewusst um sich herum errichtet hatte, damit sie dahinter von der Einsicht, dass ich mich quasi prostituierte, verstecken konnte? Konnte man sich Liebe einreden?

Ich gab mir wirklich Mühe, mich nur über mich selbst zu ärgern, schließlich bestand rein objektiv betrachtet überhaupt kein Grund, auf Judith – meine süße, kleine Judith – wütend zu sein. Ich selbst war es gewesen, der sich etwas vorgemacht hatte, um der Erkenntnis, dass ich mich verkaufte, aus dem Weg zu gehen, und trotzdem fühlte ich mich von ihr missbraucht. Wenn sie mir einen Doktortitel vorenthalten hatte, für den sie jahrelang studiert haben musste, was hatte sie mir dann noch alles verschwiegen? Und warum war sie als Einzige so vollkommen unverletzt aus der ganzen Sache herausgekommen? Hatte sie vielleicht von Anfang an gewusst, was hier geschehen sollte? Sie hatte man nicht zu einem so bestialischen Selbstversuch genötigt wie Ellen! Und wo war sie jetzt?

Ich fühlte, wie mein Herz heftiger zu schlagen, meine Halsschlagadern schneller zu pulsieren begannen. Was war mit mir los? Es war doch nicht normal, dass ich mich wegen solch einer Lappalie gleich so aufregte, dass ich in eine neue Information über einen Menschen, den ich mochte, gleich eine Weltverschwörung hineininterpretierte. Möglicherweise war das Teil meiner Krankheit. Ich versuchte mich daran zu erinnern, was Ellen über den Stirnlappen der Großhirnrinde erzählt hatte. Persönlichkeitsstruktur, Intelligenz, Wille, Bewusstsein, Gedächtnis, Lernfähigkeit ... All das drohte der Tumor zu zerfressen. Ich strengte an, was er mir zu diesem Zeitpunkt noch von meinem Großhirn gelassen hatte, und bemühte mich, der Stimme meiner Vernunft zu lauschen, die leise in dem Gedankenwirrwarr hinter meiner Stirn flüsterte.

Wenn Judith nicht gerade Chirurgin war, dann konnte sie sich wohl schlecht selbst operieren. Ebenso gut konnte sie einen Doktor in Philosophie haben, in vorderasiatischer Geschichte, in Parapsychologie oder sonst was. Es bestand wirklich kein Anlass, mich so aufzuregen. Und dass sie nicht mit ihrem Titel hausieren ging, konnte man schließlich auch als Bescheidenheit auslegen und ihr eher hoch anrechnen als verübeln.

Trotzdem fühlte ich mich von Judith betrogen, ganz egal, ob es so war oder nicht. Ich hatte mich so sicher bei ihr gefühlt wie noch nie zuvor in meinem Leben in Gegenwart eines anderen Menschen, wir waren wie eine Einheit gewesen, Seelenverwandte, die ihr Leben lang nur darauf gewartet zu haben schienen, einander endlich zu finden! Ich wollte fort, raus aus dieser Kammer, weg aus dieser Stadt, fort von diesem Kontinent. Australien, Afrika ... Es gab so viele Orte auf dieser Welt, die ich noch nicht gesehen hatte, so viele Menschen, die ich noch nicht kennen gelernt hatte. Verdammt, die Welt war groß, und diese Zelle hier war einfach zu klein für einen Freiheitsfetischisten wie mich! Ich hatte das Gefühl, als rutschten die Wände der kleinen Kammer noch dichter zueinander heran, um mich zwischen sich zu zerquetschen. Ich hätte von Thun fragen sollen, wie schwer diese verfluchte Schussverletzung wog.

Aber spielte das überhaupt eine Rolle, wenn ich doch ohnehin nur noch drei Tage zu leben hatte, flüsterte eine widerspenstige Stimme in meinem Inneren.

Vorsichtig richtete ich mich auf der Liege auf. An meinen Beinen gab es keine Verbände und keine Pflaster. Ich würde laufen können, wären da nur nicht diese gottverdammten Messelektroden, die unter den Pflastern fixiert waren. Aufmerksam betrachtete ich die verschiedenen Katheter, die sich in mein Fleisch bohrten wie die Stacheln übergroßer, gieriger Mücken. Sie alle waren mit Chips versehen, die sofort registrierten, wenn man sich daran zu schaffen machte. Es war aussichtslos. Selbst wenn es mir gelingen sollte, einen von ihnen zu entfernen, dann würde durch die anderen Kanülen sofort wieder Betäubungsmittel in meine Adern gepumpt. Es sei denn …

Nachdenklich betrachtete ich das Gespinst aus Schläuchen und Drähten und versuchte, einen Überblick über den Wirrwarr zu gewinnen. Eigentlich konnte es nur einen einzigen Schlauch geben, über den das Beruhigungsmittel floss. Wenn ich herausfand, welcher das war und diesen zuerst entfernte, würden die Maschinen mich nicht noch einmal lahm legen können.

Etliche Schläuche verliefen von den Plastikbeuteln direkt zur linken Seite meines Halses. Krampfhaft versuchte ich die Augen so weit zu verdrehen, dass ich Genaueres erkennen konnte, aber es gelang mir nicht. Um herauszufinden, wo sie endeten, tastete ich vorsichtig mit den Fingerspitzen nach ihnen.

Allein an der linken Seite meines Halses mündeten drei Schläuche in einen Katheter an meiner Hauptschlagader. Die Plastikkanüle mit der spitzen Nadel war mit breiten Pflastern fixiert und hatte mehrere Einmündungen, wie ein Rohr, das sich vielfach verzweigte. Ich beschloss, die Finger davon zu lassen. Dunkel konnte ich mich daran zurückerinnern, irgendwann einmal etwas von Schläuchen gehört zu haben, die durch eine große Vene hindurch direkt bis ins Herz geführt wurden, damit die Infusionslösung von dort aus optimal im ganzen Körper verteilt werden konnte. Dieses Ding an meinem Hals musste ein solcher Herzkatheter sein. Weiß der Henker, was geschehen würde, wenn ich daran zog!

Zwei weitere Infusionsnadeln waren an Venen in meiner rechten und linken Armbeuge angeschlossen, und eine dritte Infusionsnadel steckte in meinem linken Handrücken.

Ich betrachtete die Apparate, die rings um mein Bett herum aufgestellt worden waren. Auf zweien davon waren große Plastikspritzen aufgesetzt, deren Kolben in Halterungen fixiert worden waren, die es wohl erlaubten, sie sehr langsam voranzuschieben, so dass beständig eine geringe Menge der Flüssigkeit in den Spritzen an mein Blut abgegeben wurde. Das musste es sein! Eines der Geräte war durch ein Kabel mit einem Computer verbunden! Wahrscheinlich wurden die Warnsignale an den

Rechner weitergegeben, und dieser sorgte dann dafür, dass eine erhöhte Dosis Beruhigungsmittel verabreicht wurde. Ich hatte den Schwachpunkt dieser teuflischen Konstruktion gefunden! Wenn es mir gelang, das Kabel zwischen dem Computer und dem Apparat mit der Spritze herauszuziehen, dann konnte ich verhindern, erneut gegen meinen Willen ruhig gestellt zu werden.

Langsam setzte ich mich auf. Trotzdem schwindelte mir für einen Augenblick, und außerdem meldete sich ein dumpfer, klopfender Schmerz in meiner Schulter. War das die Stelle, an der die Kugel mich getroffen hatte? Die Kugel, die Carl auf Judith abgefeuert hatte? Ich beschloss, den Wirt umzubringen, wenn Sänger es nicht schon längst getan hatte.

Vorsichtig drehte ich mich und schwang die Beine zur linken Seite hin von der Liege. Weiter kam ich nicht. Die Drähte und Infusionsschläuche an meinem rechten Arm spannten so sehr, dass ich mich keinen weiteren Zentimeter bewegen konnte, ohne die Nadeln brutal aus meinen Venen zu reißen, und selbst die kurze, geringfügige Spannung, die ich mit meiner Bewegung verursacht hatte, genügte, um eine Kurve auf einem der Monitore der auf Rollen stehenden Maschinen zu verändern. Fast im selben Augenblick trat wieder dieser seltsame bittere Geschmack in meinen Mund.

In hilfloser Wut ballte ich die Hände zu Fäusten. Ich war gefangen wie ein Insekt in einem Spinnennetz. Sobald ich mich bewegte, begannen die Fäden zu vibrieren und alarmierten das übermächtige Ungeheuer, das sich aus den Maschinen zusammensetzte, die man zu meiner Überwachung aufgebaut hatte. Ich war …

Müde ließ ich mich auf das Kissen zurücksinken. Es musste einen Ausweg geben. Mein Kopf fühlte sich an wie mit zähflüssigem Brei gefüllt. Trotzdem versuchte ich mich zu konzentrieren. Ich konnte, ich musste …

Alles war egal. Auf einmal fühlte ich mich, als tauchte ich in angenehm warmes Wasser ein. Alles wurde langsamer, ruhiger; mein Atem, mein Herzschlag, meine Gedanken. Wohltuende Dunkelheit schwappte über mich hinweg. Von irgendwo weit her drang ein schriller Piepton zu mir hindurch.

Obwohl ich zweifellos sicher war, dass ich meine Augen geschlossen hatte, konnte ich helles Licht sehen. War das ein Traum? Oder starb ich wieder, endlich, tatsächlich? Langsam fiel ich dem Licht entgegen. Noch immer konnte ich das schrille Alarmsignal hören, und es schienen Menschen in meiner Nähe zu sein. Irgendjemand rief etwas, was ich nicht verstand.

Dann trat plötzlich eine Gestalt aus dem Licht. Es war ein Junge in einer Pfadfinderuniform, der sich breitbeinig und mit in die Hüften gestemmten Händen vor mir aufbaute, als wolle er mich nicht vorbeilassen, als verweigerte er mir den Weg in das Licht, in die Freiheit – in den Tod?

Sengender Schmerz zuckte durch meine Brust und explodierte in meinem Herzen. Glühende Qual ließ meinen Körper sich aufbäumen, um im nächsten Augenblick wieder auf das Kissen zurückgeschleudert zu werden. Das Licht erlosch, als hätte jemand einen Schalter umgelegt. Dafür regte sich nun das Tier in meinem Schädel, der Alien mit den Tentakeln, von denen von Thun gesprochen hatte. Ich hatte das Gefühl, als zerspränge mein Kopf in Milliarden kleiner Teilchen.

Ein zweites Mal traf dieser sengende brutale Schmerz meine Brust. Dann versank ich in gnädige Finsternis.

Der beißende Geruch von verbranntem Haar, der in der Luft lag, war das Erste, was sich in mein Bewusstsein schlich, noch bevor ich die Augen wieder öffnete. Als Kind hatte ich mir an Silvester einmal ein paar Brandflecken auf einem teuren Angorapulli zugezogen, den ich erst einige Tage zuvor zu Weihnachten geschenkt bekommen hatte, woraufhin meine Mutter mir mächtig den Hintern versohlt hatte. Ich hatte mir meine Eltern nach ihrem Tod wirklich nach Kräften schöngeredet; tatsächlich waren sie mit Abstand nicht so perfekt gewesen, wie ich mir selbst immerfort glauben zu machen versuchte. Jedenfalls hatte und würde ich niemals vergessen, wie verbrannte Wolle roch!

Noch immer fühlte ich mich seltsam leicht, nahezu so, als wäre ich auf samtene Wolken gebettet. Und dann dieser Geruch … Ich musste noch träumen, beschloss ich. In einem sterilen Krankenzimmer wie dem, in dem ich untergebracht war, konnte es nicht nach verbrannter Wolle riechen, es waren nur meine Sinne, die mir etwas vorgaukelten. Verdammt, warum konnte ich nicht von etwas Angenehmerem träumen als von etwas, das in mir das Gefühl von brennender Haut auf meinem Hintern und heißen Tränen auf zarten, knabenhaften

Wangen hervorrief? War nicht die Realität längst schlimm genug, dass ich es durchaus verdient hätte, von Paris Hilton unter meinem vor Erregung zuckenden Körper zu träumen, oder noch lieber von dem meinen unter ihrem?

Ich öffnete die Augen und fand mich tatsächlich in dem kleinen Krankenzimmer. Und es roch noch immer nach angesengtem Weihnachtsgeschenk. Der Traum war anscheinend einer von der besonders hartnäckigen Sorte, vielleicht weil er kein Traum gewesen war, sondern ein Flashback im Schlaf, das mich zu jener verhängnisvollen Silvesterfeier zurückkatapultiert hatte.

»Scheißtraum!«, fluchte ich leise. Mein Blick wanderte an mir selbst hinab. Meine linke Hand lang auf meiner Brust und zitterte, als litte ich seit neuestem unter Parkinson. Ich wollte sie anheben und nach meinem Kopf, meinem Gesicht, meinem Hals tasten, aber sie gehorchte meinen Befehlen einfach nicht mehr. Eher fasziniert als wirklich erschrocken beobachtete ich das Phänomen. Was war das? Ein Muskelkrampf? Nein. Ich fühlte nichts mehr ...

»Natürlich nicht. Schließlich träume ich das alles nur«, murmelte ich halblaut, ohne dass meine Worte die Unruhe, die die Faszination der ersten Sekunden nun ablösten, vertreiben oder auch nur eindämmen konnten. Und da war noch mehr, was sich verändert hatte...

Das dünne Engelhemdchen, in das man mich nach der OP zu meiner Beschämung gesteckt hatte, war verschwunden, so dass ich nackt war bis auf die Thrombosestrümpfe, die bis zu meinen

Oberschenkeln reichten. Ich hätte nie für möglich gehalten, noch bescheuerter aussehen zu können als in einem OP-Hemdchen mit Strümpfen, die wahrscheinlich selbst Marilyn Manson sich zu tragen geweigert hätte. Aber es ging schlimmer. Man musste nur das Hemdchen weglassen.

Schlimmer als die Scham übrigens war eine sehr beklemmende Vorstellung, die sich in diesem Augenblick ohne Vorwarnung und sehr deutlich in meinem Bewusstsein präsent zeigte, nämlich die, dass ich vielleicht teilweise gelähmt war. Wenn mir meine linke Hand nicht gehorchte, dann war es durchaus möglich, dass ich auch die Kontrolle über den Rest meines Körpers verloren hatte.

Ich fixierte die Zehen, die in den langen weißen Synthetikstrümpfen steckten, und konzentrierte mich mit aller Kraft darauf, sie zu krümmen. Eine halbe Tonne von Steinen purzelte mir vom Herzen, als ich feststellte, dass zumindest sie noch an der Befehlskette meiner Nervenstränge hingen. Ich musste mich zusammenreißen! Das mit meiner Hand konnte nur ein Krampf sein. Ich war doch früher nicht so ein Paniker gewesen!

Oder? Wer oder was war ich schon früher gewesen? Und welcher Teufel ritt mich eigentlich, das, was vorgestern gewesen war, als früher zu bezeichnen? Egal, ermahnte ich mich im Stillen, hier und jetzt war nicht der richtige Zeitpunkt, über meine Persönlichkeit zu philosophieren. Viel eher sollte ich mir Gedanken darüber machen, was mit meinem Hemd passiert war – und warum meine Brust gerötet war. Unter meinen Achseln hindurch verlief ein breiter elastischer Verband, und …

Sämtliche Elektroden, die man mir angeheftet hatte, waren entfernt worden! Lediglich die Infusionsnadeln mit den Schläuchen waren geblieben. Sogar die Nadel, die in meinem rechten Arm gesteckt hatte, war herausgerissen; dort, wo sie auf dem Betttuch lag, breitete sich ein grauer Fleck aus, wo die Kochsalzlösung – oder was auch immer man in mich hatte hineinlaufen lassen – das Laken durchnässte. Die weißen Pflaster waren blutverkrustet. Wenn das kein Traum war, dann hatte ich eine Chance zur Flucht! Die Geräte konnten nicht mehr messen, wenn ich mich bewegte!

Trotzdem blickte ich ängstlich zu den Kurven auf den Messmonitoren, während ich mich zitternd in eine sitzende Position aufrichtete. Aber keines der Geräte begann zu piepsen. Alles schien in Ordnung zu sein.

Was schließlich sollten sie auch messen, wenn man die Elektroden entfernt hatte, meldete sich eine zynische Stimme aus meinem Unterbewusstsein. Ich wollte mich gänzlich aufrichten, erstarrte aber mitten in der Bewegung.

Vor meinem Bett lagen zwei Leichen. Ein Arzt. Auf seinen schlaffen Wangen prangten feuerrote Brandmale, seine Koteletten waren halb verbrannt. Der Geruch, erkannte ich. Dieser Gestank der Silvestererinnerung – das war sein Haar gewesen. Neben dem Mediziner in dem weißen Kittel lag ein Defibrillator, das Elektroschockgerät, das man benutzte, um Wiederbelebungsversuche bei Herzversagen durchzuführen. Ich war lange genug einsam gewesen, um mich zumindest mit den Hauptutensilien diverser Krankenhausserien in den Privatsendern hervorragend auszukennen. Offensichtlich hatte man den Arzt mit Elektroschocks getötet.

Direkt zu meinen Füßen, unmittelbar vor dem Stuhl, auf dem zuletzt von Thun gesessen hatte, lag eine junge rothaarige Frau, die ich in der ersten Sekunde voller Entsetzen für Ellen hielt. Erleichtert atmete ich auf, als ich erkannte, dass sie es nicht war, sondern ein wesentlich jüngeres Mädchen, vermutlich eine Krankenschwester, wenn nicht gar eine Schwesternschülerin. Anders als die des Arztes wirkten ihre Glieder nicht erschlafft, sondern wie in Krämpfen erstarrt. Mit einer ihrer zierlichen Hände umklammerte sie eines der Stuhlbeine. Jemand hatte ihr eine große Spritze mit einer gewaltigen Nadel in den Rachen gestoßen.

Mein Blick suchte die Gerätschaften neben meinem Bett. Die Spritze mit dem Beruhigungsmittel! Sie fehlte. Natürlich fehlte sie. Schließlich steckte sie im Rachen des Mädchens. Panik griff mit eisigen Fingern nach mir, gehetzt blickte ich mich im Raum um, doch außer den Toten und mir war niemand im Zimmer. Was war hier vorgefallen?

Der Mörder war hier gewesen, schoss es mir durch den Kopf. Der Mörder, der Stefan, Ed und Maria in der Burg getötet hatte! Er musste mich verfolgt haben, hierher, in dieses seltsame Hospital, in dem Greise von mehr als neunzig Jahren, die kaum noch etwas sahen, praktizieren durften. Aber warum hatte er mich dann am Leben gelassen? Vielleicht war er gestört worden – aber warum war dann niemand anders in diesem Zimmer? Warum hörte ich keinen Alarm? Verdammt, diese

Gerätschaften hier hatten zu kreischen begonnen, sobald ich nur den kleinen Finger bewegt hatte, aber nichts hatte den Mörder davon abhalten können, in dieser Kammer zwei Menschenleben auf grauenhafteste Art und Weise auszulöschen. Sie mussten sich doch gewehrt haben! Sie mussten um Hilfe geschrien haben, verdammt noch mal! Wo zum Teufel war ich hier? Was war das für ein Krankenhaus?

Ich tastete mit den Fingerspitzen der rechten Hand über meine Brust. Es war, als berührte ich etwas Totes, etwas, das nicht wirklich zu mir gehörte. Meine Finger strichen über meine Brust, aber ich hatte keinerlei Gefühl. Ich spürte zwar, dass meine Fingerspitzen etwas betasteten, aber meine Brust meldete keinerlei Berührung. Vielleicht hatte der Mörder mich ja gar nicht am Leben gelassen ...

Quatsch! Ich lebte. Ich fühlte alles, nur eben nicht meine Brust, die zudem stark gerötet war. Wahrscheinlich hatte man mir ein paar Elektroschocks verpasst. Dieser Arzt hatte mich ins Leben zurückgeholt ...

Und dafür hatte er sterben müssen.

Ich sollte besser zusehen, dass ich von hier verschwand, und zwar schleunigst. Wenn der Killer es für nötig erachtete, jemanden zu töten, der mir das Leben gerettet hatte, dann war es mehr als nahe liegend, dass er hierher zurückkommen würde. Warum er erst verschwunden war, würde ich ihn dann sicher auch nicht fragen. Letzten Endes war es vielleicht als mein Vorteil zu werten, dass man die Hilfeschreie des Arztes und seiner Begleitung nicht gehört hatte. Hektisch tastete ich nach dem Katheter an meinem Hals. Es gab dort Verschlüsse, also konnte ich die Infusionsschläuche ziehen. Mit zitternden Fingern befreite ich mich von ihnen und versuchte mich aufzurichten, noch während ich den letzten Schlauch zog und den Verschluss zudrückte. Wie empört über die plötzliche Belastung nach langer Zeit der Zwangsruhe knickten meine Beine unverzüglich unter mir weg, noch bevor meine Fersen den Boden tatsächlich berührt hatten. Fort – das war alles, was ich in dem Augenblick, in dem ich hart zwischen den beiden toten Körpern auf dem Boden aufschlug, zu denken in der Lage war. Ich musste fort. Heraus aus diesem Alptraum.

Keuchend zog ich mich mit der rechten Hand am Bettrand in die Höhe und strauchelte erneut, als ich gegen die starre Hand der Rothaarigen stieß. Mit einem zweiten entschlossenen Ruck, der in meiner Schulter schmerzte, zog ich mich endgültig zurück auf die Füße, taumelte wie betrunken auf die Tür zu, wobei es mir zusätzliche Mühe abverlangte, nicht über die Leiche des Mediziners zu stolpern, und erreichte mein erstes Ziel schließlich schwer atmend und mit rasendem Herzen. Ich musste verrückt geworden sein. Wenn allein der Weg vom Bett zur Tür mich an die Grenzen meiner Kräfte trieb, wie sollte mir dann eine ganze Flucht aus diesem schaurigen Hospital gelingen? Aber ich durfte jetzt nicht aufgeben, redete ich mir gut zu. Möglicherweise würde ich es nicht schaffen. Aber dann konnte ich wenigstens in der Gewissheit sterben, bis zuletzt gekämpft zu haben.

An der Tür angelangt, stützte ich mich einen

Augenblick lang am Rahmen ab, um wenigstens ein Minimum an Kraft zu schöpfen und vor allen Dingen zu lauschen, aber da war nichts. Auf der anderen Seite herrschte vollkommene Stille. Trotzdem zögerte ich einen Moment, ehe ich die Klinke drückte und die Tür vorsichtig einen Spaltbreit aufschob, um auf den dahinter liegenden Gang hinauszuspähen. Niemand war zu sehen. Kaltes Neonlicht tauchte einen kahlen Gang in schattenlose Helligkeit. Der Boden war mit teuer aussehenden weißen Platten ausgelegt – Marmor. Die Wände waren nackt und weiß getüncht, und von billigen Kalenderbildern in fast ebenso preiswerten Wechselrahmen, wie ich sie von meinen wenigen vorausgegangenen Krankenhausbesuchen her kannte und demnach auch hier erwartet hätte, fehlte jede Spur. Es gab nicht einmal schwarze Streifen von Gummipuffern, die davon hätten künden können, dass zwischen Untersuchungsräumen und Krankenzimmern eifrig Betten hin und her geschoben wurden. Der Gang, der vor mir lag, wirkte so sauber, so steril und so kleinlich gewartet, dass er nie und nimmer Teil einer gewöhnlichen Klinik hätte sein können. Selbstverständlich nicht, dachte ich bitter bei mir. Nirgendwo sonst als in einer Privatklinik hätte Professor Sänger freie Hand für seine perversen Experimente gehabt, nirgendwo sonst dürfte ein Tattergreis wie er überhaupt noch praktizieren, vom krankhaften Idealismus seines greisen Hirns ganz zu schweigen!

Ich trat auf den Flur und hastete, so schnell es meine noch immer schwachen Beine zuließen, zur nächsten Tür auf der gegenüberliegenden Seite. Ich öffnete sie, ohne zu lauschen, trat ein und tastete in der Dunkelheit, die mich umgab, als das Schloss hinter mir wieder eingerastet war, nach einem Lichtschalter. Es roch muffig, feucht und ein wenig süßlich, und ich befürchtete bereits das Schlimmste, als ich den Lichtschalter spürte und eine grelle Neonröhre unter der Decke aufflammte. Doch ich fand mich nicht in einer weiteren Abteilung der abartigen Forschungssammlung wieder, sondern in einer Sammelstelle für Schmutzwäsche.

Nie zuvor hätte ich gedacht, es als Erleichterung empfinden zu können, wenn es mich in eine fensterlose Kammer voll mit verschwitzten und bepinkelten Laken verschlug, und hätte jemals jemand behauptet, dass ich es als Geschenk des Himmels bezeichnen würde, auf zwei große Rollkörbe, randvoll mit muffigen Bettbezügen, in einem engen Kämmerchen zu stoßen, hätte ich wahrscheinlich augenblicklich die Nummer der Telefonseelsorge für ihn gewählt. Nun aber empfand ich tatsächlich größte Erleichterung. Mit einem kurzen lautlosen Jubelschrei eilte ich auf den ersten der Körbe zu, begann darin herumzuwühlen und fand zu meiner Erleichterung sehr schnell, wonach ich gesucht hatte: ein T-Shirt, einen Arztkittel, weiße Hosen und Baumwollsocken, die zwar erbärmlich käsig rochen im Vergleich zu der Seniorenreizwäsche, die ich nach wie vor an den Beinen trug, aber ungemein attraktiv auf mich wirkten.

Plötzlich erklangen Schritte vom Flur her. Jemand stieß einen knappen Schrei aus. Judith? War das ihre Stimme gewesen?

Mein Herz tat vor Schreck einen Satz. Ich hatte

die Tür zu dem Raum, in dem ich eingesperrt gewesen war, nicht hinter mir verschlossen; einmal mehr hatte ich mich ziemlich idiotisch benommen. Aber vielleicht war meine Dummheit auch Ausgangspunkt für eine Chance.

Hastig schlüpfte ich in die Kleider, die ich zusammengeklaubt hatte. Ich würde mich unter die Ärzte und Pfleger mischen, sobald auf dem Gang da draußen das heillose Chaos ausbrach, das ich erwartete, wenn ich daran zurückdachte, welch grauenhafter Anblick sich dem Personal in der Kammer bot, die mein Zimmer gewesen war. Blieb nur zu hoffen, dass niemand auf meine Füße achtete, denn Schuhe hatte ich zwischen der schmutzigen Wäsche selbstverständlich nicht finden können. Oder ich verließ den Raum einfach mit einem der Wagen; niemand achtete in einer Klinik auf die dienstbaren Geister, die die Wäschekarren schoben. In Hollywoodfilmen klappte das immer, und wenn das, was ich in der jüngsten Vergangenheit (wie lange auch immer sie zum jetzigen Zeitpunkt andauern mochte, ich hatte jegliches Zeitgefühl längst verloren) auf Burg Crailsfelden und in diesem grauenhaften Klinikum erlebt hatte, kein schlechter Film war – was dann? Der Plan war besser!

Ich wartete einen Augenblick, bis es einen Deut stiller auf dem Flur wurde. Ich durfte jetzt nichts überstürzen – aber auch keine unnütze Zeit verplempern. Das richtige Maß der Dinge war gefragt. In wenigen Momenten würde es hier von Pflegern und Ärzten nur so wimmeln – es war nicht auszuschließen, dass jemand darunter war, der mich allem Schrecken und meiner eher notdürftigen

Verkleidung zum Trotz sofort wiedererkannte. Entschlossen stieß ich die Tür auf und schob den Wäschewagen hinaus. Ob jemand riechen würde, dass es schmutzige Kleider waren? Mein Herz raste in meiner Brust, und es kostete mich Mühe, nicht mit offenem Mund japsend nach Luft zu schnappen, weil die Angst meine Kehle zuschnürte. Mein Puls schien es sich zum Ziel gesetzt zu haben, meine Halsschlagadern zu sprengen, und ich spürte schmerzhaft, dass es sich bei dem Schlauch, der in meinen Hals führte, tatsächlich um einen Herzkatheter handeln musste.

Eine Schwester stand an der Tür zu dem Zimmer, in dem ich mich hätte befinden sollen, in dem jetzt aber nur noch zwei tote Angestellte auf dem Boden lagen. Sie blickte kurz in meine Richtung, und mein Herz schien für einen winzigen, aber überaus unangenehmen Moment auszusetzen, um gleich darauf, als sie anscheinend keinen Verdacht schöpfte, sondern ihren Blick wieder den Toten in der Kammer zuwandte, rasend schnell und schmerzhaft weiterzuschlagen. Ich war froh darüber, den Wäschewagen zu schieben, denn gleichzeitig konnte ich mich daran festhalten. Mit jedem Schritt, den ich auf dem eiskalten Marmorboden zurücklegte, spürte ich, wie meine Kräfte nachließen. Wahrscheinlich hatte ich viel Blut durch die Schusswunde eingebüßt. In meiner Schulter pochte ein dumpfer Schmerz, der mich zusätzlich zu aller Furcht, die ich in diesen Sekunden empfand, beängstigte. Nur noch dreieinhalb Meter bis zum Ende des Flures, schätzte ich, dann konnte ich in einen Seitengang abbiegen. Drei, zweieinhalb …

Von vorne hörte ich Schritte über den Flur hasten. Ein Arzt und ein bulliger Pfleger mit abgestumpftem Gesichtsausdruck hasteten an mir vorbei. Aus den Augenwinkeln bemerkte ich, dass der Pfleger ein merkwürdiges schwarzes Plastikding in der Hand hielt. Ich hatte so etwas schon einmal irgendwo gesehen, konnte mich aber spontan nicht daran erinnern, wo und in welchem Zusammenhang. Aber das war jetzt unwichtig! Ich musste sehen, dass ich hier wegkam, das war das Einzige, was jetzt zählte!

Den schweren Wagen vor mir herschiebend, drückte ich mich um die Ecke und spähte über den Rollkorb hinweg. Der Flur war nahezu identisch mit dem, den ich gerade hinter mir hatte, und menschenleer. Fünf Türen zweigten von hier ab, und neben jedem Eingang hing ein Plexiglasschildchen mit schwarzer Beschriftung.

Ich geriet ins Straucheln, als die Schwäche, gegen die ich so entschlossen ankämpfte, eine Woge von Schwindel über mich hinwegschwappen ließ, machte einen stolpernden Satz nach vorne und schaffte es zum Glück, mich am Gestänge des Wäschewagens festzukrallen und auf den Beinen zu bleiben. Schwer atmend blieb ich stehen, bis der Schwindel ein wenig nachgelassen hatte. Ich hatte nicht die Kraft, eine längere Strecke ohne Unterbrechung zurückzulegen, sah ich mit einem Anflug von Enttäuschung ein. Aber ich würde es schaffen. Ich würde hier herauskommen. Ich brauchte nur einen Platz, an dem ich mich einen Moment verstecken und neue Kräfte sammeln konnte.

Labor VII verkündete das erste plastikgerahmte Schild, das ich erreichte. Einen winzigen Augenblick lang kam es mir so vor, als würden die Buchstaben vor meinen Augen zu gotischen Lettern verschwimmen, so wie ich sie im Keller der Burg zuhauf gesehen hatte. Aber das war natürlich nur eine Illusion. Hatte ich Fieber? Oder war das auch wieder ein Traum? Ich betete inständig, noch genügend Zeit zur Verfügung zu haben, um diese Frage klären zu können. Ob in dem Labor Forscher arbeiteten? Männer mit weißen Kitteln, die vielleicht kindliche Schädel aufsäbelten und sie in gläserne Zylinder einlegten, dachte ich bitter. Wie auch immer – ein Labor bot kein sicheres Versteck. Dort müsste ich jeden Augenblick damit rechnen, entdeckt zu werden. Was ich brauchte, war ein Raum, der nur hin und wieder aufgesucht wurde, eine Besenkammer oder dergleichen, wenn es hier überhaupt so etwas gab. Ich erinnerte mich daran, dass es in den Krankenhäusern, die ich in meinem Leben besucht hatte, immer eine kleine Kammer für Blumenvasen und ähnlichen Ramsch gegeben hatte. Ich bemühte mich, darauf zu hoffen, dass es hier einen solchen Raum gab, aber irgendetwas sagte mir mit ziemlicher Sicherheit, dass es in dieser Klinik gewiss nicht viele Patienten gab und dass die wenigen, die hier untergebracht waren, eher keinen Besuch empfangen durften. Hier brauchte man keinen Abstellraum, in dem Vasen für Blumen verwahrt wurden.

Ein leises Summen ließ mich stutzen und den Kopf in den Nacken legen. Ein paar Meter weit entfernt hing eine Kamera auf einem schwenkbaren Arm unter der Decke. Die Linse starrte mich direkt an, das summende Geräusch wurde vom Zoom ausgelöst. Mein ohnehin schon rasendes Herz machte einen weiteren schmerzhaften Satz. Mühsam kämpfte ich gegen den Drang an, auf dem Absatz herumzuwirbeln und davonzustürmen, aber diesen Fehler beging ich nicht. Ich musste mich zusammenreißen. Möglicherweise war irgendein Wachmann, der irgendwo in dieser gruseligen Klinik vor einer Videowand saß und an seiner Kaffeetasse nuckelte, auf mich aufmerksam geworden. Wenn dem so war, dann musste ich dafür sorgen, dass er sein Interesse an mir schnell wieder verlor. Aber möglich war auch, dass die Kamera einfach auf Bewegungen jeglicher Art reagierte und deshalb in meine Richtung geschwenkt war. Egal wie – ich musste die Ruhe bewahren. Ich senkte den Kopf, damit man mein Gesicht schlechter erkennen konnte, und ging so ruhig es mir möglich war weiter.

Versorgungspunkt II, stand auf dem Schild neben der nächsten Tür. Was damit wohl gemeint war, fragte ich mich. Eine Kammer, in der man Handtücher, Bettlaken und andere Dinge des täglichen Bedarfs verwahrte vielleicht? Das wäre das Beste, was mir in dieser Situation passieren konnte. Ein solcher Raum wurde wahrscheinlich nur einmal am frühen Morgen vom Reinigungspersonal aufgesucht. Ich griff nach der Klinke, zögerte aber, als ich sie berührte. Wenn diese Tür nun abgeschlossen war, dachte ich bei mir, würde ich verdammt schlecht dastehen vor dem kalten Auge der Kamera, die noch immer jede noch so winzige meiner Bewegungen aufmerksam verfolgte. Wenn ich tatsächlich zum Personal gehörte, dann müsste ich schließlich wissen, welche Türen für mich verschlossen waren, oder ich hätte gegebenenfalls einen Schlüssel dafür. Aber nun war es zu spät, um einen Rückzieher zu machen. Entschlossen drückte ich die Klinke, und ein mächtiger Stein polterte von meinem Herzen, als die Tür sich sofort und ohne auch nur zu klemmen oder zu quietschen öffnen ließ. Zügig schob ich den Wagen mit der Schmutzwäsche in den Raum und schloss die Tür hinter mir. Weg von den Kameras, hinaus aus dem Einsichtsbereich des Wachpersonals, von dem ich nicht wissen wollte, wie es aussah, wenn schon die Pfleger hier den Eindruck machten, als ernährten sie sich ausschließlich von aufsässigen Patienten, Anabolika und rohen Eiern.

In der Kammer war es stockfinster. Suchend tastete ich mit den Fingerspitzen über die Wand und fand schließlich den Lichtschalter. Flackernd glommen weiße Neonröhren unter der Decke auf, als ich ihn betätigte, und zu dem Geräusch gesellte sich unverzüglich ein unangenehmes leises Summen. Der Raum, in den es mich verschlagen hatte, war wirklich winzig, kleiner noch als der Raum, in den man mich eingesperrt hatte. An den Wänden standen Glasschränke, in denen Kapseln, Pillen und Chemikalien in braunen Fläschchen aufbewahrt wurden, und in einer Ecke stapelten sich wuchtige Kartons bis fast unter die Decke.

Verwirrt blickte ich mich um, als ich bemerkte, dass das Summen sehr schnell wieder verklungen war. Was von ihm zurückblieb, war ein unangenehmes, angespanntes Gefühl, das mir alles andere als fremd war, das ich …

Über den Kartons entdeckte ich eine Kamera unter der Decke, die auf die Tür ausgerichtet war. Wahrscheinlich hatte ich sie aktiviert, indem ich das Licht eingeschaltet hatte. Stumm fluchte ich in mich hinein. Ich war ein hirnloser Trampel! Warum hatte ich nicht einfach still abgewartet, bis meine Augen sich an die Finsternis im Raum gewöhnt hatten? Schließlich war ich ohnehin nicht auf Sightseeingtour, sondern ausschließlich auf der Suche nach einem Ort, an dem ich ein paar Minuten ausruhen und neue Kraft schöpfen konnte. Schnell knipste ich das Licht wieder aus. Dunkelheit verschlang den Raum, nur unter der Kamera glühte noch immer ein kleiner grüner Lichtpunkt; sie war immer noch aktiv. Den Wagen als Deckung nutzend, tastete ich mich in die Ecke, in der die Kartons lagerten, aber ich konnte hören, wie der Schwenkarm summend jeder meiner Bewegungen folgte.

Warum konnte die Kamera mich noch sehen? Sendete sie etwa ein Infrarotbild? Oder reagierte sie nur auf meine Bewegungen?

Ich verharrte in der Ecke. Es war viel zu dunkel, als dass ich die Kamera deutlich hätte sehen können – streng genommen war es nur der kleine grüne Leuchtpunkt, der mir verriet, dass der Arm, an dem sie angebracht war, die schier unmögliche Verrenkung, derer es bedurfte, mir zu folgen, nicht gescheut hatte und dass sie noch immer genau in meine Richtung starrte.

Und noch etwas beunruhigte mich nun zutiefst: Hatte ich ein Geräusch vom Flur her gehört? So etwas wie – ein Flüstern? Alle meine Muskeln spannten sich, und der Schreck löste eine neuerliche Woge des Schwindels in meinem Kopf aus. Ob man im Wachraum auf mich aufmerksam geworden war, dachte ich erschrocken. Ich lauschte angestrengt, hörte aber nichts mehr. Möglicherweise hatte ich mich auch getäuscht, vielleicht war dieses vermeintliche Flüstern nichts als ein Produkt meiner überreizten Phantasie gewesen, eine der vielen Früchte, die die Angst trug.

Nein, entgegnete eine entschiedene Stimme in meinem Hinterkopf. Da war wirklich etwas. Jemand. Ich konnte es ganz deutlich spüren, ich …

Unsinn! Da gab es nichts zu spüren, widersprach mein Verstand energisch. Ich hätte zuvor hören müssen, dass jemand über den Gang schritt.

Mach dir nichts vor, meldete sich die quälende Stimme, die dagegensprach, zurück. Ich würde vielleicht das Trampeln genagelter Soldatenstiefel auf dem Steinfußboden hören oder das Klackern von Pfennigabsätzen. Nicht aber das Schuhwerk, das Krankenhauspersonal für gewöhnlich trug, nämlich Turnschuhe oder irgendwelche Gesundheitslatschen, deren weiche Sohlen auf dem Marmorbelag so gut wie kein Geräusch verursachten.

Kaltes Neonlicht, das plötzlich unter der Decke aufflammte, beendete abrupt die Konversation der widersprüchlichen Stimmen in meinem Inneren. Wie zum Teufel war es möglich, das Licht in der Kammer einzuschalten, ohne zuerst die Tür zu öffnen? Erst in der nächsten Sekunde wurde sie aufgestoßen, und einmal mehr schien mein Herz die Mandeln in meinem Hals grob anzurempeln. Entsetzt starrte ich der massigen Gestalt entgegen, die den Raum betrat. Sie hielt einen Elektroschocker in der Hand.

»Seien Sie ganz entspannt, Herr Gorresberg«, säuselte der Fleischberg unter dem Türrahmen in einem Tonfall, der seine Worte Lügen strafte. »Es gibt keinen Grund zur Beunruhigung.«

Meine ohnehin schon angespannten Muskeln strafften sich schier bis zum Zerreißen.

»Stehen Sie auf, Herr Gorresberg. Sie sollten sich ausruhen«, fuhr der Pfleger fort. »Sie sind schwer verletzt. Es ist ...«

Weiter kam er nicht. Mit einem entschlossenen Satz sprang ich vor und rammte dem Koloss den Wäschewagen in den Leib. In der nächsten Sekunde fühlte ich mich, als sei ich in voller Fahrt mit einem Smart gegen einen Hunderte von Jahren alten Baum gebrettert. Zeitgleich mit dem Aufprall jagte ein stechender Schmerz durch meine Schulter, der grelle Lichtpunkte vor meinen Augen tanzen ließ, so dass ich einen Moment lang befürchtete, das Bewusstsein zu verlieren. Ich bemühte mich mit aller Kraft darum, dass dies nicht geschah, und bewegte mich stattdessen so schnell es ging auf die Tür zu, nachdem ich festgestellt hatte, dass der Hüne tatsächlich doch aus dem Gleichgewicht gekommen und gestürzt war. Benommen drängte ich mich durch den Türspalt.

Doch der Fleischberg war nicht allein gekommen. Draußen auf dem Flur erwarteten mich mehrere Schwestern, und vom Ende des Flures näherte sich mir ein weiterer Pfleger, der ebenfalls mit einem schwarzen Elektroschocker bewaffnet war.

»Geben Sie auf, Herr Gorresberg.« Eine junge

Frau mit einer hausbackenen Hochsteckfrisur und einer dicken Brille im Stil der fünfziger Jahre löste sich aus der Gruppe der Schwestern und trat auf mich zu. Das weiße Namensschild auf ihrem Kittel enttarnte sie als FRAU DR. SCHIRMER, nicht als Hilfsschwester. »In Ihrem Zustand ist es ...«, begann sie, brach aber entsetzt ab, als ich ohne Vorwarnung auf sie zusprang und ihr einen Arm auf den Rücken drehte. Meine Linke legte sich auf ihre Kehle. Ich trat einen Schritt zur Seite, um die Wand in meinem Rücken zu spüren, während ich die Ärztin wie einen lebenden Schutzschild vor mich hielt.

»Wo ist der Ausgang?«, fragte ich. Meine Stimme klang mir fremd. Rau und gehetzt.

»Das hat doch keinen Sinn«, flüsterte die junge Frau, sprach aber nicht weiter, als sich meine Hand nur noch fester um ihre Kehle schloss.

Wütend funkelte ich den Pfleger an, der inzwischen wieder auf die Beine gekommen war und im Türrahmen stand. »Eine falsche Bewegung, und ich knipse Ihrem Doc das Licht aus«, zischte ich drohend. »Kommen Sie nicht näher!«

Der Hüne schien nicht im Geringsten beeindruckt von meinen Worten oder dem festen Griff meiner Finger um den zierlichen Hals der Medizinerin. Drohend hob er den Elektroschocker. Ich rückte noch dichter mit dem Rücken zur Wand. Ich wollte der jungen Frau nichts antun, selbstverständlich nicht. Aber das durfte ich mir nicht anmerken lassen. Solange ich die Ärztin als lebenden Schutzschild nutzte, hatte dieser Mistkerl so gut wie keine Chance, an mich heranzukommen.

20-03-08

03 2•50 €

2•50 €TL
10•00 CA2
7•50 €→

000-0047 1
6-23

Die beiden bewaffneten Pfleger tauschten einen Blick, den ich nicht deuten konnte. Das übrige Personal wich beiseite.

»Noch können wir reden«, begann ich, als etwas Überraschendes geschah. Aus den Elektroschockern sprangen lange Drahtspulen hervor, und ich zuckte unwillkürlich zusammen. Ich hatte diese Dinger wirklich schon einmal gesehen. Bislang war ich davon ausgegangen, dass solcherlei feige und verachtenswerte Waffen nur in den USA genutzt wurden. Die Drähte trafen die Ärztin an der Brust, und die junge Frau bäumte sich in meinem Griff auf. Nahezu in derselben Sekunde fühlte auch ich mich wie vom Blitz getroffen. Glühender Schmerz zuckte durch meinen Körper, schien jeden einzelnen meiner Muskeln gründlich anzusengen, ehe diese sich schmerzhaft verkrampften und ich mit zuckenden Gliedmaßen und schreckensweit aufgerissenen Augen zu Boden sank. Dann gesellte sich ein dumpfer, durch alle meine Gliedmaßen im Takt meines Herzschlages pulsierender Schmerz zu dem Krampf, der es mir zusätzlich erschwert hätte, mich zu bewegen, wäre ich nicht schon zu unkontrollierten Zuckungen verbannt gewesen. Es roch nach Ozon.

Hilflos am Boden liegend, begriff ich, was geschehen war. Dumm, wenn man nicht denken konnte, wirklich zu dämlich! Es war überhaupt nicht notwendig gewesen, mich zu treffen, solange ich diese Doktor Schirmer im Arm gehalten hatte. So hatte ich sichergestellt, dass der Stromschlag auch mich traf, selbst dann, wenn die Pfleger die Spulen auf sie abschossen. Abgesehen davon, dass ich Abitur hatte, hatte ich als Jugendlicher einmal betrunken gegen einen Elektrozaun gepinkelt. Eigentlich hätte ich weitaus mehr über elektrische Leitfähigkeit wissen müssen.

Noch während ich dies dachte, bäumte sich das Tier in meinem Schädel wieder auf. Etwas griff mit krallenbewehrten Klauen nach den Synapsen meiner Hirnzellen. Der Schmerz ließ mich aufstöhnen. Welchen Impuls mochte der heftige Stromstoß in der Geschwulst unter meinen Schädelplatten ausgelöst haben, fragte ich mich entsetzt. Stimulierte er es? Oder quälte er es so sehr wie mich, so dass es seine Tentakel noch tiefer, noch entschiedener in mein Hirn bohrte? Tränen des Schmerzes rannen über meine Wangen – Tränen, für die ich mich schämte, die ich aber ebenso wenig zu kontrollieren in der Lage war wie sämtliche andere Körperfunktionen. Krankenschwestern beugten sich zu mir herab. Die Ärztin wurde aufgehoben. Von irgendwoher hatte man Tragen auf Rollgestellen herbeigebracht.

Der Hüne, der mich in der Kammer aufgespürt hatte, hob mich in einer fast spielerischen Bewegung vom Boden auf und grinste dabei hämisch. »Hier kommt keiner raus«, murmelte er selbstzufrieden. »Es sei denn, in einer schwarzen Kiste. Aber wie du ja schon gesehen hast, stellen wir die ganz besonderen Patienten lieber post mortem aus. Zumindest teilweise.«

Ich dachte an die grässlichen Präparate in den Forschungssammlungen zurück, und nun zog sich zu allem Überfluss auch noch mein Magen schmerzhaft zusammen. Die Gehirne in den großen Gläsern, die ungeborenen Kinder, die verstümmelten Körper und entstellten Gesichter ... Mit dem Tumor in meinem Hirn würde ich wahrscheinlich einen Ehrenplatz in dem Panoptikum medizinischer Kuriositäten erhalten, vielleicht als Ganzkörperpräparat neben dem schwangeren, viel zu jungen Mädchen enden. Ich wollte so nicht mein Leben beschließen! Ich wollte eine verfluchte Kiste auf einem Friedhof, meinetwegen auch eine Urne oder gar eine Seebestattung. Ich war kein religiöser Mensch, aber trotzdem hatte ich ein Recht auf ein menschenwürdiges Begräbnis!

Ich wollte leben!

Breite lederne Bänder wurden um meine Arme und Beine geschlungen. Noch immer war ich absolut unfähig, auch nur den kleinen Finger zu rühren, obwohl alle meine Sinne mittlerweile wieder arbeiteten, und das mit fast übernatürlicher Präzision. Sogar meine Nackenmuskeln waren im Krampf wie erstarrt, so dass ich nicht einmal den Kopf drehen konnte. Ich sah lediglich die Neonlichter an der Decke über mir vorübergleiten, als man die Bahre über den Flur zu schieben begann, und trotzdem musste ich nicht zur Seite blicken können, um mit großer Sicherheit zu wissen, wohin man mich brachte: zurück in das Krankenzimmer, das mein Gefängnis geworden war. Gab es denn überhaupt kein Entkommen aus dieser Hölle?

Das konnte nicht sein. Es gab immer einen Ausweg. Es musste einen Ausweg geben! Das gehörte zu den Spielregeln des Lebens!

Ich schloss die Augen, um mir das Hirn zu zermartern und mich im Lauf meiner Gedanken dieser Welt, auf die ich keinen Einfluss zu haben schien, zu verweigern. Ich musste mich sammeln und klare Gedanken fassen, allen emotionalen Obstsalat von mir abschütteln und mich auf das Objektive konzentrieren. Ich hatte etwas übersehen. Da war etwas, an das ich die ganze Zeit über nicht gedacht hatte – ein entscheidendes Detail, das ungemein wichtig war, vielleicht sogar überlebenswichtig. Flucht war möglich. Ich musste nur ... Ich musste mich hingeben? Sollte ich dem Tier in mir freien Lauf lassen? Durfte, musste ich mir das gestatten? War es das, was in mir bohrte? War das nur der Schmerz, den der Tumor zu verantworten hatte, der Schaden, den er angerichtet hatte und immer weiter vergrößerte, oder war da mehr? Da war irgendetwas in mir verborgen – aber ich hatte das Gefühl, den Schlüssel dazu verloren zu haben. Wenn ich es befreien konnte, wenn ich die Tür aufbrach, dann würde ich auch mich befreien können.

Ich kicherte stumm in mich hinein. Was für eine gequirlte Scheiße! Ich begann, wahnsinnig zu werden, und das wohl nicht erst seit dem Elektroschock. Das Tier in mir befreien? Was für ein Humbug!

»Frank, du schaffst es immer wieder, mich zu verblüffen«, erklang eine mir mittlerweile vertraute Stimme neben mir. Professor Sänger! »Dieser Fluchtversuch mit einer Kugel im Leib, die dich fast umgebracht hätte ... Das ist wirklich bemerkenswert. Und der Weg, den du gewählt hast ...« Der Alte lachte leise. »Es ist fast so, als wolltest du mir zuallerletzt noch beweisen, dass alles in dir steckt, wonach ich so lange gesucht habe. Aber jetzt müssen wir dir ein wenig Ruhe verschaffen. Ich möchte mir gerne noch etwas anderes ansehen, dazu solltest du besser schlafen.«

Aus den Augenwinkeln sah ich, wie jemand eine Spritze aufzog. Was hatte der Professor gemeint, als er gesagt hatte, er wolle sich etwas ansehen, wozu ich schlafen sollte? Doch nicht etwa etwas, das Teil meines Körpers war? Wieder flammten Ausschnitte der Bilder aus den Anatomiesälen vor meinem geistigen Auge auf.

Natürlich nicht, verhöhnte ich mich voller Sarkasmus selbst. Der Alte sprach von unzüchtigen Videos, von schmuddeligen Filmchen mit Jugendschutzbestimmungen im Vorspann.

Etwas stach in meinen Arm, und bleierne Müdigkeit umfing mich. Meine Glieder wurden schwer und taub, die Bilder vor meinen Augen verwischten und wichen schließlich absoluter Finsternis. Das Letzte, was ich wahrnahm, ehe ich vollkommen wegtrat, war Sängers Stimme, die zu einem der Ärzte sprach.

»Bereiten Sie alles vor«, befahl der Alte. »Ich möchte, dass wir in fünf Minuten so weit sind.«

Als ich die Augen wieder aufschlug, befand ich mich erneut in meinem Krankenzimmer. Mein Fluchtversuch, der so jäh an einem Elektroschock gescheitert war, hätte ohne weiteres ein Traum gewesen sein können, zumal ich mich an keinen anderen erinnern konnte, hätte ich nicht statt in meinem Bett fest angeschnallt auf einer fahrbaren Krankentrage gelegen.

Professor Sänger stand neben mir. Er hatte die Hände auf dem Rücken verschränkt und hielt sich so gerade, als hätte er einen Stock verschluckt, so dass er für sein Alter eine geradezu erschreckende Vitalität ausstrahlte. Die eitrigen Augen hinter der großen Sonnenbrille verborgen, die wie undurchdringliche schwarze Schutzschilde in seinem Gesicht zu kleben schienen, sah man ihm nicht an, dass er weit über achtzig, vielleicht über neunzig sein musste, und ich hätte in diesen Sekunden einiges dafür gegeben, einmal durch seine Augen sehen, einmal mit seinem Hirn denken zu können. Vielleicht war es allerdings das Beste, dass das ein Ding der Unmöglichkeit war. Mit seiner aufrechten Haltung und der riesigen Brille wirkte er wie ein überdimensionales Insekt, ein cleveres, gegen alle Insektizide der Welt resistentes Ungeziefer, das das von der Natur vorgegebene Gesetz vom Fressen und Gefressenwerden auf seinen ersten Bestandteil reduziert hatte.

Ich war müde, und da war auch wieder dieser bittere Geschmack auf meiner Zunge, der von einer großen Menge Betäubungsmittel kündete, die man in meinen Blutkreislauf injiziert hatte. Ich korrigierte meinen Gedanken, vermutlich als Junkie unter einer Brücke zu enden, falls ich jemals wieder lebend nach Hause zurückkehren sollte: Ich wäre mit Sicherheit für den Rest meines Lebens (auch wenn dieses noch deutlich länger andauerte als die drei Tage, die Sänger mir in seiner unendlichen Güte zugestanden hatte) immun gegen jegliche Art von Drogen.

»Ich habe schon immer gewusst, dass du der Begabteste bist«, sagte Sänger in diesem Moment, als hätte er die ganze Zeit über neben meiner Bahre gestanden und darauf gewartet, seine Worte endlich aussprechen zu können, »nur deine Skrupel und deine falsch verstandene Moral haben dir im Weg gestanden, Frank, im Weg, der zu werden, den ich gesucht hatte.« Sängers schmale Lippen krümmten sich zu einem abstoßenden Lächeln. »Aber was das angeht, hast du ja an dir gearbeitet. Mir ist nur nicht ganz klar, wann sich der Wandel in dir vollzogen hat und was der Auslöser war. Ich habe dich ja all die Jahre beobachten lassen, so wie alle aus deinem Jahrgang. Aber es gab nie Auffälligkeiten in dieser Richtung ... Sicher, du warst sozial gestört, hast es nie lange an einem Ort ausgehalten, kannst keine Nähe ertragen – aber Gewalttätigkeit?« Sänger schüttelte den Kopf. »Bisher hatte ich immer den Eindruck, dass dieser Wesenszug dir völlig fremd ist.«

Ich begriff nicht, was der Professor da redete. Gewalttätig? Ich?! Weil ich Judith vor Carl zu schützen versucht hatte in der Burg? Weil ich in meiner Verzweiflung bereit gewesen war, eine junge Frau als Geisel zu nehmen, der ich jedoch nie und nimmer etwas angetan hätte? Versuchte der Alte, mich zu manipulieren? Und wenn ja – was wollte er damit erreichen?

»Ich weiß nicht, wovon Sie reden«, sagte ich.

Sänger legte den Kopf schräg. Deutlich konnte ich jetzt seinen faltigen Hals über seinem weißen Kragen erkennen, der die Vitalität seiner Haltung ebenso wie die pergamentähnlich schimmernde ledrige Haut einer Moorleiche unter sich verschwinden ließ. Sänger war alt, viel zu alt. Er hätte längst tot sein müssen. Der Teufel wusste, welche Chemikalien ihn am Leben erhielten.

Lange sah der Professor mich schweigend an. Dann schüttelte er den Kopf, als könne er nicht glauben, was er da sah. »Du weißt es tatsächlich nicht?«, fragte er ungläubig. »Das ist kein Spielchen. Du bist … Es gibt da einen zweiten Frank, der sich tief in dir verbirgt und dem der edle Frank Gorresberg, Rächer der Witwen und Waisen, noch nie in seinem Leben begegnet ist.«

Da war wieder dieses Lächeln, das die Lippen des Professors wie eine dünne, mörderische Sichel erscheinen ließ. Er zog ein Handy aus der Tasche seines Kittels und tippte eine Nummer ein.

»Doktor Kranzer? Sänger hier«, sagte er nach einigen Augenblicken. »Könnten Sie mir bitte auf dem Monitor in Zimmer 100 die Aufzeichnung der Überwachungskamera aufspielen? Ich hätte gerne die Szene, in der Doktor Schmidt und Schwester Carla das Zimmer mit dem Defibrillator betreten.« Der Professor nickte kurz und ließ das Handy dann wieder in seiner Tasche verschwinden. »Ich hasse diesen kleinen Dinger«, sagte er kopfschüttelnd, »aber manchmal sind sie ganz nützlich.«

Ich blickte mich suchend im Raum um. Die Taubheit des Elektroschocks wich nur langsam aus meinen Gliedern, aber immerhin konnte ich mich wieder ein bisschen bewegen. Nirgends entdeckte ich eine Kamera.

Sänger schien meine Blicke richtig zu deuten. Mit dem knochigen krummen Zeigefinger seiner linken Hand wies er auf die Lamellen eines Belüftungsschachtes in der gegenüberliegenden Wand.

»Die Kamera ist dort drüben«, erklärte er. »Die Patienten fühlen sich unbefangener, wenn sie sich nicht dauernd beobachtet wissen. Es gibt sogar noch eine zweite Kamera ...« Sänger lächelte wieder. »Man sollte immer noch ein Ass im Ärmel behalten, nicht wahr? Wer weiß, vielleicht überraschst du mich ja noch einmal, Frank. Du kannst aber ruhig wissen, dass fast jeder Winkel hier in der Burg videoüberwacht ist. Es ist schon faszinierend, was die moderne Technik zu leisten imstande ist. Wir haben da oben Kameralinsen, die kaum größer als ein Knopfloch sind.«

Hier in der Burg! Die Worte des Alten trafen mich fast wie ein zweiter Elektroschock. Sollte das heißen, dass ich mich noch immer auf Burg Crailsfelden befand? Das konnte nicht sein! Das hier war ein hochmodernes Krankenhaus! Ich war in einem Operationssaal gewesen! Nie und nimmer war das hier Crailsfelden! Und übrigens: Vielen Dank für die Rücksicht auf die Psyche Ihrer Opfer, lieber Doktor Sänger. Sie hätten mir fast das Gefühl vermittelt, unbeobachtet und völlig unbefangen zu krepieren. Das war wirklich gütig von Ihnen.

Der mittlere Fernsehmonitor an der gegenüberliegenden Wand flammte auf. Man sah das Zimmer aus einer etwas verzerrten Perspektive von schräg oben, was Sängers Behauptung über den Belüftungsschacht bestätigte. Die Tür ging auf. Ein junger Arzt mit zerzaustem blonden Haar und auffälligen Koteletten, der eher wie ein Zivi aussah als wie ein ausgebildeter Mediziner, stürmte in den Raum, dicht gefolgt von einer jungen, rothaarigen Schwester. Sie schoben den Rollwagen, auf dem der Defibrillator stand.

Kaum dass sie mich erreicht hatte, riss die Schwester mir das OP-Hemdchen über den Kopf, und ich bemerkte, wie sich ein beschämter Rotton über meine Wangen zog, als ich mich selbst auf dem Video nackt vor dem hübschen Mädchen liegen sah. Hastig entfernte sie die Elektroden von meiner Brust, die mit kleinen Saugnäpfen an meiner Haut hafteten. Der Arzt rieb eifrig die beiden Metallplatten des Defibrillators gegeneinander, und nachdem sie die Elektroden von meiner Brust entfernt hatte, löste die Schwester auch die kleinen Messchips unter den Pflastern.

»Fertig?«, fragte der Arzt ungeduldig.

»Einen Augenblick noch.« Ich bemerkte, dass das Mädchen eine ausgesprochen wohlklingende Stimme hatte, selbst jetzt, da sie sichtbar in Hektik und Aufregung war. »Ich muss nur noch die Infusionsnadeln …«

»Wir verlieren ihn!«, drängte der Arzt und schüttelte hektisch den Kopf. »Vergessen Sie die Elektroden und die Nadeln. Treten Sie zurück, Carla. Wie viel wiegt der Kerl?«

»Dreiundsechzig Kilogramm«, antwortete das Mädchen und trat gehorsam beiseite.

»Dann geben Sie mir hundertneunzig Joule.« Der Arzt rieb noch einmal die Flächen der beiden Metallplatten gegeneinander, während sich die Schwester über den Gerätewagen beugte und einen Regler hochdrehte.

Der Arzt drückte mir die Metallplatten auf die Brust. In den Handgriffen schienen Auslöser zu sein. Jedenfalls bäumte sich mein Körper im Bett auf dem Monitor auf, als hätte die Faust eines Riesen von unten gegen die Matratze geschlagen. Ich zuckte unwillkürlich zusammen, als ich diese Bilder sah, und für einen winzigen Moment drängte sich der Traum in mein Bewusstsein zurück, aus dem der Defibrillator mich brutal herausgerissen hatte. Der Junge in der Pfadfinderuniform, das Kind, das mir den Weg in das Licht verwehrte ...

»Noch einmal!«, drängte der Arzt. Ein schrilles, fiependes Geräusch erklang, während sich das brutale Gerät in den Händen des Mannes erneut auflud. Die Schwester ließ durchsichtiges Gel aus einer Tube auf die Metallflächen tropfen, und das Fiepen verstummte.

»Geben Sie mir diesmal zweihundertzwanzig Joule, Carla.« Der Blonde rieb die Elektrodenflächen kurz gegeneinander, um das Gel besser zu verteilen. Dann setzte er sie erneut auf meine Brust.

Ich verkrampfte mich. Die Szene wiederholte sich, und verspannt bis in die Ohrläppchen beobachtete ich, wie sich mein lebloser Körper auf dem Monitor aufbäumte, gefasst darauf, den grausamen Schmerz des Zurückgeholtwerdens im nächsten Moment in der Wirklichkeit noch einmal qualvoll nachvollziehen zu müssen. Schließlich legte der Arzt die Elektrodenplatten beiseite und lauschte mit seinem Stethoskop auf meine Herztöne. Einige Atemzüge später nickte er zufrieden.

»Wir haben ihn wieder«, seufzte er.

Ich sah mich auf dem Bildschirm die Augenlider heben. Etwas an diesem Anblick verstörte mich. Er wirkte fremd auf mich. Natürlich. Ich hatte die Augen nicht geöffnet in diesem Augenblick, das konnte gar nicht sein. Ich hatte diesen Arzt und diese Schwester niemals lebendig zu Gesicht bekommen!

»Herr Gorresberg? Können Sie mich hören?« Der junge Arzt lächelte. »Sie haben uns ganz schön erschreckt.«

Ich wandte den Kopf und sah dem Arzt direkt ins Gesicht. Die Bewegung wirkte seltsam abgehackt, fast wie von einem Pantomimen, der einen Roboter spielt. Überhaupt wirkte ich nicht wie ich, fand ich. Irgendetwas war anders. Nicht nur die Bewegung, sondern auch mein Blick, meine Mimik, meine Ausstrahlung …

»Du hast mir wehgetan.«

Ich traute meinen Ohren kaum. Auf dem Video bewegte ich meine Lippen, doch aus den Lautsprechern erklang die Stimme eines Kindes, eines kleinen Jungen!

Der Arzt und die Schwester blickten einander verwundert an. Plötzlich griff der Arzt nach den Elektrodenplatten. Ganz langsam hob er sie und setzte sie sich auf beiden Seiten des Kopfes an die Schläfen.

»Doktor Schmidt …« In der Miene der Krankenschwester spiegelte sich blankes Entsetzen, und auch ich – das Ich, das sich in der Aufzeichnung betrachtete – hielt vor Schreck die Luft an.

Im nächsten Augenblick zuckte der Arzt kurz

zusammen und sank dann in sich zusammen wie eine Marionette, deren Fäden man allesamt gleichzeitig durchtrennt hatte.

»Stelle jetzt acht Mikrosekunden und dreihundertsechzig Joule ein«, befahl die Kinderstimme.

Schwester Carla gehorchte, als sei sie schon immer eine verschworene Komplizin meiner Wenigkeit gewesen. Sie drehte den Regler hoch und beugte sich über den Arzt.

»Ich glaube, der Doktor braucht noch eine Behandlung«, sagte die Kinderstimme in sachlich trockenem Tonfall, während der Frank auf dem Monitor die Lippen bewegte.

Carla beugte sich zu dem jungen Arzt hinab. Auch sie setzte die Elektrodenplatten an die Schläfen des Arztes, woraufhin sich der Körper unter dem heftigen Elektroschock selbst bewusstlos noch ebenso aufbäumte, wie meiner es kurz zuvor getan hatte. Aber das Aufbäumen des Mediziners war doch ein etwas anderes – es unterschied sich von dem meinen in der Art, in der der Körper wieder auf den Boden zurücksackte. Es hatte etwas Endgültiges.

Die rothaarige Schwester schreckte zurück. Plötzlich schien sie zu begreifen, was sie getan hatte. Einen winzigen Moment lang war der Bann gebrochen. Sie sprang auf und schien auf die Tür zustürmen zu wollen, doch die Kinderstimme aus meinem Mund gebot ihr Einhalt.

»Du bist mir zu aufgeregt, Carla«, sagte der Knabe, der mit meinem Mund sprach. »Ich glaube, du brauchst ein Beruhigungsmittel.«

Die Krankenschwester verharrte mitten im

Schritt, sah kurz zu mir hin und nickte schließlich wie eine gehorsame Streberin, die sich nicht anmerken lassen wollte, wie schwer ihr die von ihr geforderte Leistung fiel. Sie griff nach der mächtigen Spritze, die in den Apparat neben meiner Liege eingespannt war, und zog eine steril verpackte Kanüle aus der Tasche ihres Kittels, die sie auf die Spritze aufsetzte. Einen klitzekleinen Moment schien sie zu zögern. Sie verharrte mitten in der Bewegung und starrte mit schreckensweiten Augen auf den Arzt zu ihren Füßen hinab. Er lag mausetot auf dem buchstäblich klinisch sauberen Boden. Seine glasigen Augen waren ins Unendliche gerichtet, und ein dünner Speichelfaden troff aus seinem Mundwinkel.

Das Entsetzen wich aus Carlas Augen und machte reiner Entschlossenheit Platz. Mit einer entschiedenen Bewegung hob sie die Spritze, öffnete den Mund und injizierte sich die klare Flüssigkeit in die Zunge. Kaum dass sie das getan hatte, änderte sich ihr Gesichtsausdruck schlagartig, so, als hätte sie erst jetzt und sehr plötzlich begriffen, was sie gerade getan hatte. Sie schleuderte die Spritze im hohen Bogen von sich weg und begann zu spucken, als könnte sie auf diese Weise das Beruhigungsmittel aus ihrem Blutkreislauf bekommen. Dann begann sie zu taumeln. Unsicher setzte sie sich auf den Boden neben den toten Arzt und sackte Augenblicke später neben ihm zusammen. Mit der Rechten umklammerte sie ein Stuhlbein und versuchte verzweifelt, sich daran in die Höhe zu ziehen, sich noch ein letztes Mal aufzurichten. Röchelnde Laute drangen aus ihrer Kehle. Dann lag sie still.

Ich sah mich auf das Bett zurücksinken und die Augen schließen. Einige Herzschläge lang lag ich still da. Dann hob ich blinzelnd die Lider und blickte mich verwundert um.

»Wie es scheint, wohnen zwei Seelen in deiner Brust«, spottete der Professor.

Mein Verstand wehrte sich mit Händen und Füßen dagegen, zu akzeptieren, was ich gesehen hatte.

»Der Film ist manipuliert!«, entfuhr es mir fassungslos. »Das ist so nicht geschehen! Ich ...«

»Manipuliert? In so kurzer Zeit? Die besten Trickstudios der Welt wären dazu nicht in der Lage.« Der Professor blickte auf die schwere silberne Uhr an seinem Handgelenk. »Es ist nicht einmal eine halbe Stunde vergangen, seit diese Aufnahmen entstanden sind. Diese Bilder lügen nicht.«

»Dann wurde der Film vorher gedreht«, beharrte ich stur. »Es war nur gespielt. Und dann haben Sie diese Morde begangen ...« Ich hörte selbst, wie sich meine Stimme überschlug, so schnell redete ich. Es war, als versuchte ich, mit meinen Worten eine Art Schutzwall gegen die Wirklichkeit zu errichten.

Professor Sänger strich sich mit der dürren Hand über das nicht weniger knochige Kinn. »Das wäre wohl möglich«, gab er zu. »Aber welchen Sinn hätte das schon?«

»Sie wollen mich manipulieren!«, behauptete ich in verzweifeltem Zorn.

Der alte Wissenschaftler schüttelte sanft den Kopf. »Wozu?«, fragte er, und ich wehrte mich gegen den Eindruck, dass seine Stimme ehrlich klang. »Einen Mann manipulieren, der in spätestens drei Tagen tot sein wird. Was hätte ich schon davon? Wären zwei Menschenleben nicht ein sehr hoher Preis für ein derartiges Unterfangen?«

Die kalte Logik seiner Worte ließ mich nur noch entschiedener gegen sie aufbegehren. Der Professor hatte das alles hier von langer Hand geplant! Auch wenn ich nicht begreifen konnte, welchem Zweck das alles dienen sollte; schließlich war es ein bisschen zu viel verlangt nachzuvollziehen, was in einem Mann vorging, der zu Kriegszeiten Zwangsadoptionen hatte durchführen lassen, um einen beachtlichen Teil der so erlangten unschuldigen kindlichen Wesen in Scheiben zu schneiden und in einem Keller unter einer alten Burg auszustellen. All die schnellen und plausibel klingenden Antworten des Alten waren doch sicher lange im Voraus ausgetüftelt worden, vielleicht nicht von ihm allein. Sie kamen ohne jegliches Zögern, ohne eine Spur der Unsicherheit, ganz so, als hätte er sie auswendig gelernt. Sie waren der Beweis dafür, dass hier etwas nicht stimmte!

Oder dafür, dass er tatsächlich die Wahrheit sagte, meldete sich der unbequeme Flüsterer, der schon so oft Recht behalten hatte, in meinen Gedanken. Über die Wahrheit musste man schließlich nicht erst lange nachdenken.

»Beginnst du endlich, die Wahrheit zu begreifen?«, fragte Sänger, als hätte er in meinen Gedanken gelesen. »Du bist der Held dieses Abends. Im Herd in der Küche oben in der Burg liegt eine Patrone mit einem Nervengas verborgen. Eigentlich seid ihr nur alle zusammengerufen worden, damit ihr dort oben alle versammelt seid. An einem Ort fernab von lästigen Zeugen.«

Er lächelte selbstgefällig, rückte sich den Hocker zurecht, den zuletzt das Mädchen namens Carla im Todeskampf umgestoßen hatte, und setzte sich darauf.

»Eine Erbschaft gab es nie«, fuhr er fort. »Ich wollte die dritte Generation vergasen, um dann die nötigen Eingriffe in aller Ruhe vornehmen zu können. Ihr alle habt Hirntumore, die eure Lebensperspektive auf maximal ein Jahr begrenzen. Das Risiko war zu groß, dass ihr bald in Kliniken landet, in denen ich keinen Zugriff mehr auf euch habe. Allerdings muss ich zugeben, auch neugierig gewesen zu sein zu sehen, wie weit eine Gruppe intelligenter junger Leute gehen würde, um ein vermeintliches Millionenerbe anzutreten. Es war interessant zu beobachten, wie Geld jegliche Moralvorstellung aufzuheben vermag.« Er grinste anzüglich, wurde aber schnell wieder ernst. »Noch interessanter jedoch war es, dich zu beobachten«, behauptete er. »Wie du durch die Burg geschlichen bist, wie ein gefangenes Raubtier. Und als euch dann der Rückweg abgeschnitten war, da hat die Bestie ihren Käfig verlassen. Ich habe von Thun abgezogen, weil ich mir Sorgen um seine Sicherheit machte. Und dann habe ich dich beobachtet.«

»Wovon reden Sie?« Ich wollte die Antwort nicht hören. Er würde mich ohnehin nur belügen. Er log die ganze Zeit. Ich bemühte mich, an dieser Vorstellung festzuhalten.

»Von deinen Morden«, antwortete der Alte unverblümt. »Begreifst du denn immer noch nicht? Der Killer, das bist du, Frank. Der zornige kleine Junge in dir, der seinen Freunden niemals vergeben hat, was an jenem ersten Samstag in den Sommerferien vor jetzt fast zwanzig Jahren geschehen ist. Ganz gleich, was man in den polizeilichen Untersuchungen damals festgestellt hat: Es war kein Unfall, dass Miriam damals vom Turm gestürzt ist. Ebenso wenig, wie Maria Selbstmord begangen hat. Dem kleinen Jungen in dir ist klar, dass sie an derselben Stelle stand wie Miriam damals. Die Art, wie sie auf der Zinne tanzte. All dies war kein Zufall. Du hast es inszeniert.«

Sänger maß mich mit einem Blick, in dem sich irgendetwas zwischen Anerkennung, Sorge und Abscheu widerspiegelte. »Damals hat es die Kraft von fünf meiner sechs Schüler bedurft, um Miriam dazu zu bringen, zu springen. Heute Nacht hast du allein es geschafft«, behauptete er. »Und das, obwohl Maria eigentlich in der Lage hätte sein sollen, sich gegen dich abzuschirmen. Du kannst dir kaum vorstellen, was es für mich bedeutet hat, Zeuge dieses Duells werden zu dürfen.« Seine Stimme nahm einen schwärmerischen Klang an. »Nach mehr als fünfzig Jahren hat sich der Traum, auf dem das Projekt Prometheus begründet war, endlich erfüllt. Du bist eine lebende Waffe. Das Kind, das sich der Führer von uns gewünscht hat.«

»Ich bin kein Mörder.« Meine Zunge fühlte sich an wie ein bleigefülltes Stück Holz. Das Beruhigungsmittel wirkte noch, aber trotzdem sträubte sich alles in mir gegen dieses Gespinst aus Lügen und Rassenwahn, in welches dieser senile Greis mich hineinzuziehen versuchte.

»Was für Beweise brauchst du noch?« Wieder erschien die Sichel zwischen Kinn und Nase des Professors. »Heute würde man sagen, dass wir den Auftrag erhalten haben, eine Truppe absolut führertreuer Psioniker auszubilden. Deshalb auch diese Schule. Sie diente zum Teil als Tarnung, aber das Ziel war auch, Kinder zu indoktrinieren, bis sie völlig von unseren Idealen überzeugt waren. Es mussten Kinder sein, weil sie noch am besten zu formen sind. Sturmbannführer Krause und andere haben sie für uns gesucht: Kinder unter zehn Jahren, die allen arischen Idealen entsprachen. Sie sollten blond, blauäugig und von gesundem Wuchs sein, und natürlich begabt. Sie haben tausende Kinder in den besetzten Gebieten vermeintlichen Intelligenztests unterzogen, weißt du. Versuche, wie sie später mit den Zener-Karten durchgeführt wurden, haben wir mit einem Skatblatt praktiziert. Die Kinder saßen hinter einer dünnen Holzwand und sollten raten, welche Karten der Prüfer für sie unsichtbar vor sich aufdeckt. Ich bin übrigens der Meinung, dass bei diesem Versuch die Begabten durch die Augen des Prüfers sehen und nicht einfach nur fühlen, welche Karten aufgedeckt werden. Wir wollten Kinder, die in den Geist anderer schlüpfen können.«

Er schüttelte den Kopf und seufzte tief. »Du kannst dir kaum vorstellen, wie unendlich schwierig es war, Begabte zu finden«, fuhr er fort. »Bis Ende des Krieges hatten wir gerade einmal vierundzwanzig. Übrigens hat sich herausgestellt, dass man einen Teil der Begabten durch niedrigfrequente Schallwellen zu besseren Leistungen stimulieren kann.«

Niedrigfrequente Schallwellen, hallte es in meinem Kopf wider. Der Bass? Das Zittern des Bodens unter meinen Füßen? Das Kribbeln in meinen Innereien …

»Mit dem Untergang des Tausendjährigen Reiches war klar, dass wir unsere Versuche vorläufig einstellen mussten«, drängte sich wieder die Stimme des Professors in meine Gedanken. »Von der kleinen, handverlesenen Schar von Wissenschaftlern und anderen Mitarbeitern, die am Projekt Prometheus beteiligt waren, zeigte im Gegensatz zu unseren Ingenieurskollegen, die an Raketen und Düsenjägern gebaut hatten, keiner Interesse daran, alliierte Kriegsbeute zu werden. Unser Forschungsprojekt war so klein, dass die Siegermächte nicht auf uns aufmerksam geworden sind. Aber die Bedingungen der frühen Nachkriegszeit ließen es nicht zu, unsere Arbeit fortzuführen. Erst als ich Anfang der fünfziger Jahre diese Schule hier auf der Burg eröffnen konnte, wurde das Projekt wieder aufgenommen. Du würdest kaum glauben, wie schwer es war, nach den Kriegswirren die Kinder wieder aufzuspüren. Aber fast alle sind zurückgekommen, als es mir schließlich gelungen war und ich ihnen ein Stipendium versprochen hatte, denn die meisten waren in Kinderheimen gelandet. Ihr Abitur an einer Privatschule zu machen, das war die Chance ihres Lebens. Ein Abschluss hier und das Versprechen, bei guten Leistungen auch ein

Studium über die Sänger-Stiftung bezahlt zu bekommen, war der Schlüssel zu künftigem Wohlstand.«

»Meine Eltern waren nicht besonders reich«, fiel ich in den Redefluss des alten Mannes ein. »Und sie kamen auch von Ihrer Schule. Demnach sind Ihre Versprechungen nichts als Schall und Rauch gewesen, was?«

Sänger fuhr sich mit dem Daumen über die Lippen. »Du tust mir unrecht«, verteidigte er sich, »auch wenn dein Vorwurf nicht ganz unberechtigt ist. Es zeigte sich im Rahmen der Versuche, dass alle Hochbegabten besonders anfällig dafür sind, Tumore im Frontlappen ihres Hirnes auszubilden.«

»Vielleicht sind diese Krebserkrankungen ja auch die Folge Ihrer Menschenversuche«, entgegnete ich, aber mein Widerspruch war nur noch geflüstert. Ich konnte meine Arme und Beine nicht mehr spüren. Erhöhte sich die Dosis des Beruhigungsmittels, das wieder in meine Venen tropfte, erneut? Jedenfalls hatte ich langsam das Gefühl, schwerelos in einer riesigen Schüssel Griesbrei zu treiben.

»Daran hatten wir in der Tat zunächst auch gedacht«, bestätigte der Alte ungerührt. »Doch dann stellte sich heraus, dass keiner der Wissenschaftler, die ja ebenfalls den niederfrequenten Schallwellen und anderen Versuchen ausgesetzt waren, erkrankte. Es muss also etwas mit dieser besonderen Begabung zu tun haben. Leider konnten wir das Problem nie lösen. Aber dein Gehirn bringt uns vielleicht einen Schritt weiter. Eine Metastasenbildung wie bei dir haben wir noch nie beobachten können. Vielleicht wirst du der Schlüssel sein, der uns den endgültigen Durchbruch erlaubt.«

»Warum?«, fragte ich matt.

Professor Sänger schnaubte verächtlich. »Die ewige Frage der Moralapostel an die Wissenschaft«, spottete er. »Ginge es um das Warum, dann würden die Menschen noch in Höhlen sitzen. Es ist die Aufgabe des Forschers, nach den Wurzeln des Seins zu forschen. Nichts als gottgegeben hinzunehmen, sondern alles zu hinterfragen. Manchmal muss man dabei den Mut aufbringen, Grenzen zu überschreiten. Nur so kann der Horizont der Menschheit erweitert werden.«

»Indem man jahrzehntelang Versuche an Kindern macht und sich danach als ihr Wohltäter aufspielt«, flüsterte ich.

Sänger runzelte verärgert die Stirn. Er gab jemandem einen Wink. Bislang hatte ich geglaubt, allein mit ihm im Raum zu sein, doch nun traten die beiden bulligen Pfleger von außerhalb meines Sichtbereiches an meine Trage und begannen damit, mich wieder an die Elektroden für EKG und EEG anzuschließen. Zunächst begriff ich nicht, was das sollte. Sänger schien in Sorge zu sein, trieb die beiden Pfleger zur Eile an und betrachtete dann aufmerksam die Messkurven, die auf den Monitoren erschienen.

»Sie haben Angst vor mir, nicht wahr?«, fragte ich. Ich war mir nicht sicher. Meine Frage war vor allen Dingen ein Versuch, Sänger der Lüge zu überführen. Wenn dieses Video, das man mir vorgespielt hatte, echt gewesen wäre, dachte ich bei mir, dann müsste der Alte mich vor Angst meiden wie der Teufel das Tageslicht.

»Sagen wir, dass ich nicht wie Doktor Schmidt enden möchte«, gab Sänger diplomatisch zurück. »Für die enorme Menge an Beruhigungsmitteln, die man dir verabreicht hat, bist du noch ganz schön aufsässig. Aber das war schon immer ein charakteristischer Wesenszug von dir, Frank.«

Er wandte den Blick wieder von den Monitoren ab und sah mir geradewegs ins Gesicht. »Mir ist klar, dass du mich für ein Ungeheuer hältst«, behauptete er. »Aber was wir tun, muss getan werden. Forschungen ganz ähnlicher Art werden übrigens schon seit Jahrzehnten in den USA und Russland betrieben. Man experimentiert zum Beispiel damit, telepathische Befehle an U-Boot-Besatzungen zu übermitteln. Getauchte U-Boote können über Funk oder Satellit nur schwer erreicht werden. Eine telepathische Verbindung ist aber selbst in großen Tiefen noch möglich. Ende der sechziger Jahre hat man in der Sowjetunion mehr als zwanzig Zentren zur Erforschung des Paranormalen unterhalten. Die meisten dieser Einrichtungen standen unter der Aufsicht des Militärs oder des KGB. Man erzählt sich erstaunliche Geschichten über die dort erreichten Erfolge. Allerdings hatten alle Institutionen mit dem Unglauben der politischen Führung zu kämpfen. Man betreibt keine Wissenschaft im herkömmlichen Sinne, und es ist schwer, Versuche mit sich stetig wiederholendem Ergebnis aufzubauen und zur Untermauerung der eigenen Glaubwürdigkeit einzusetzen. Um nicht ins Hintertreffen zu geraten, haben sich auch die

Amerikaner an die Erforschung des Paranormalen gemacht. In Fort Meade hat die Army eine Abteilung unter dem Decknamen Stargate aufgebaut. Im ersten Golfkrieg der Alliierten hatte diese Abteilung den Auftrag, den Aufenthaltsort Saddam Husseins aufzuspüren. Eine Spezialeinheit hielt sich an der Küste zur ständigen Verfügung, um den Diktator in einer Nacht-und-Nebel-Aktion zu entführen.«

Sänger lächelte. »Was daraus geworden ist, ist bekannt. 1995 wurde Stargate aufgelöst. Seit Bush junior am Drücker ist, greifen CIA und Militär allerdings wieder auf Parapsychologen zurück. Niemand hat allerdings erkannt, dass der entscheidende Faktor in diesem Geschäft die Zeit ist. Allen Regierungen fehlt der lange Atem, der unbedingt erforderlich ist, um eine Operation wie das Projekt Prometheus zu einem erfolgreichen Abschluss zu bringen. Die heutige Politik hat eine wesentliche Fähigkeit unserer Ahnen verloren. Man denkt nicht mehr in langen Zeiträumen, sondern hechelt atemlos von Tageserfolg zu Tageserfolg, und sei er noch so banal. Ein Forschungsprojekt, das nicht innerhalb von höchstens zehn Jahren greifbare Fortschritte vorweisen kann, hat kaum Aussichten, über diesen Zeitraum hinaus gefördert zu werden. Deshalb ist das Projekt Prometheus, obwohl es seit Ende des Krieges aus zeitig gebildeten Rücklagen finanziert wird und sich in keiner Weise mit den Mitteln vergleichen kann, die man in den USA und in der Sowjetunion investiert hat, das am weitesten fortgeschrittene Projekt dieser Art weltweit.«

»Wofür halten Sie sich eigentlich?« Ich war nicht

sicher, wesentlich mehr als die Hälfte von dem, was der Professor erzählt hatte, verstanden oder gar behalten zu haben, aber das, was ich kapiert hatte, reichte aus, um in mir den Drang wachzurufen, mich gegen meine Fesseln aufzubäumen, die die Pfleger mir angelegt hatten. Doch es war ein schwacher Versuch, und die breiten Lederriemen ließen mir keinen Spielraum. Über meiner Brust spannten sie sich so straff, dass mir sogar das Atmen schwer fiel und sich bereits dunkelrote Abdrücke in mein Fleisch geschnitten hatten. »Glauben Sie, es steht Ihnen zu, die Geschicke der Welt nach Ihrem Gutdünken zu lenken?«, fuhr ich den Greis wütend an.

Der Professor warf einen neuerlichen verunsicherten Blick auf die Messkurven. »Erstaunlich«, stellte er nach einigen Sekunden fest. »Deine Emotionen vermögen in beispiellosem Umfang die Wirkung des Narkotika-Cocktails, den man dir verabreicht hat, zu unterdrücken. Jeder normale Mensch läge bei dem, was man dir alles verabreicht hat, längst im Koma. Ich fürchte allerdings, dass deine Leber und deine Nieren nicht sehr lange mitspielen werden.«

»Zynischer Bastard«, murmelte ich, erschöpft von dem vergeblichen Versuch, mich gegen die ledernen Fesseln aufzubäumen.

»Ich halte mich für einen sehr moralischen Menschen«, erwiderte Sänger, und seine Stimme klang, als sei er von seinen Worten durchaus überzeugt.

In meinen Ohren hingegen klang seine Antwort dennoch wie blanker Hohn. Professor Klaus Sänger – ein moralischer Mensch? Die heilige Mutter Teresa – eine elende Hure, die Dutzende von Freiern kaltblütig ermordet hatte? Das war lächerlich!

»Was für eine Sorte Moral lässt es denn zu, im Auftrag Hitlers Menschenversuche durchzuführen und diese Versuche sogar fast sechzig Jahre nach dem Untergang des Dritten Reiches immer noch fortzusetzen?«, ereiferte ich mich mit einer Energie, von der ich selbst nicht wusste, woher ich sie bezog.

»Du denkst zu emotional.« Sänger machte eine beschwichtigende Geste mit der Linken. »Sicherlich ist das ein Privileg der Jugend, aber weiter voran bringt es uns nicht. Dir ist klar, dass es Firmen gibt, die jetzt schon mächtiger sind als kleine Staaten, oder? Dieser Trend wird sich fortsetzen. Solche Wirtschaftsstrukturen unterliegen keinerlei Kontrolle. Umgekehrt sind diese Megafirmen in zunehmendem Maße in der Lage, die Politik zu kontrollieren. Ich vertrete eine kleine Gruppe von Wissenschaftlern, Intellektuellen und Industriellen, die solchen Entwicklungen entgegensteuern wollen. Wir werden keine Armeen aufstellen können, um unsere Ziele zu erreichen. Kriege sind nichts weiter als eine unglaubliche Verschwendung von Menschenleben und Geld. Wir würden wesentlich subtiler vorgehen.«

Ich verstand nicht, was der Alte mir damit sagen wollte, aber ich musste auch nicht danach fragen. Er war dem Redefluss, den er kurz unterbrochen hatte, längst wieder verfallen. Die Worte sprudelten aus seinem Mund wie Wasser aus einer Quelle. Oder wie Eiter aus einer schrecklichen Wunde.

Mein Respekt vor Sänger, sofern ich je welchen gehabt hatte, war auf ein Maß gesunken, bei dem ich mir in der Wahl meiner Metapher absolute kreative Freiheit einräumen konnte.

»Nehmen wir als Beispiel den letzten Irakkrieg«, erklärte der Professor. »Die CIA hätte jemanden wie dich wahrscheinlich dazu benutzt, Saddam Hussein bei einer öffentlichen Rede dazu zu bringen, sich eine Kugel durch den Kopf zu jagen und auf spektakuläre Weise vor laufenden Kameras Selbstmord zu begehen. Danach wäre das Land vermutlich im Chaos eines Bürgerkrieges versunken. Die USA hätten die ihnen genehme Fraktion unterstützt und so Kontrolle aufgebaut. Unsere Art des Vorgehens hingegen wäre es gewesen, einen Begabten im unmittelbaren Umfeld Saddams zu platzieren und so dauerhaft auf ihn Einfluss zu nehmen. Wir hätten ihn zu einem anderen Menschen gemacht. Auf diesem Wege hätten wir den Bürgerkrieg übersprungen und einen gerechten Staat aufgebaut.«

Was ich hörte, irritierte mich zutiefst. Was Professor Sänger erzählte, lief allen Erkenntnissen der letzten Stunden, die ich über seine Persönlichkeit erlangt hatte, so grundsätzlich zuwider, dass ich es einfach nicht annehmen konnte, ganz gleich, wie vernünftig seine Worte klangen. Wer Kinder quälte, der konnte einfach kein guter Mensch sein. Etwas stimmte nicht an seiner Argumentation …

»Und was wäre passiert, wenn es freie Wahlen im Irak gegeben hätte?«, fragte ich schließlich. »Das hätte doch das Ziel sein müssen, wenn man Saddam zu einem guten Menschen gemacht hätte. Hätten Sie dann den nächsten Präsidenten auch wieder manipuliert? Und was wäre dann aus der Freiheit der Wahlen geworden? Regiert hätte doch Ihr Geschöpf und nicht mehr der Mann, den die Massen einmal zu ihrem Präsidenten bestimmt haben.«

In Sängers Augen blitzte es für einen winzigen Moment feindselig auf. Ich habe den Schwachpunkt getroffen, dachte ich triumphierend. Das war der Stöpsel, an dem man nur kurz ziehen musste, um alles Gutmenschliche wieder von ihm ablaufen zu lassen. Dennoch bemühte er sich um einen nahezu väterlichen, ruhigen Tonfall, als er antwortete.

»Weißt du, mein Junge«, seufzte er. »Schon in der Antike hat Aristoteles erkannt, dass die Demokratie die schlechteste aller Regierungsformen ist, weil sie stets zur Diktatur der Mittelmäßigkeit führt. Der Gestalt gewordene faule Kompromiss. Klare Lösungen sind hier unmöglich. Dennoch könnte man dieses System zum Schein aufrechterhalten, wenn man nur die Gedanken der Politiker beeinflusst. Stell dir vor, man könnte Selbstsucht und den Einfluss von Lobbyisten einfach ausblenden. Es würde nur noch die Vernunft regieren. Auf diesem Wege ließe sich der Traum vom Weltfrieden erreichen.«

»Und dieser Traum hat unter dem Hitler-Regime im Auftrag des Diktators begonnen«, entgegnete ich zynisch.

Der Professor lachte. »Du begreifst immer noch nicht die Möglichkeiten«, gab er kopfschüttelnd zurück. »Er wäre unser erstes Versuchsobjekt gewesen. Er hat einen starken Staat geschaffen. Wir hätten diesem Staat seine Menschlichkeit zurückgegeben und alle Auswüchse des NS-Regimes eliminiert.«

»Und daran hat ein Sturmbannführer wie Krause mitgearbeitet«, empörte ich mich. Ich konnte immer weniger glauben, dass Sänger tatsächlich von seiner eigenen Sache überzeugt war. Wie schlecht konnte ein Mensch sein? Wie sehr konnte er die Augen vor sich selbst verschließen? Und verdiente ein gefühlloses Wesen wie er überhaupt die Bezeichnung Mensch? »Ein Mann, der Kinder entführt und eine Unzahl von Verbrechen begangen hat!«, setzte ich hinzu.

»Die Welt ist nicht nur schwarz und weiß, mein Junge«, antwortete Sänger mit einem großväterlichen Lächeln, das so sehr misslungen war, dass es keinen Zweifel daran zuließ, dass dieser Mann überhaupt keine Enkel hatte, wahrscheinlich nicht einmal eigene Kinder. »Ungewöhnliche Zeiten erfordern manchmal ungewöhnliche Maßnahmen. Was zählt, ist das Ziel.«

»Mit dieser Ausrede kann man jedes Verbrechen rechtfertigen – es geschah aus hehrer Absicht«, spottete ich und lachte bitter. »Was für eine Welt soll das werden, die aus solchen Wurzeln erwächst?«

Das klägliche Lächeln verschwand aus Sängers Gesicht. Stattdessen schüttelte er verärgert den Kopf. »Du willst es einfach nicht begreifen, nicht wahr?«, fuhr er mich an. »Du bist immer noch derselbe störrische Dickkopf, der du mit zwölf Jahren warst! Jeder Guerillero weiß, dass die effektivste

Form, einen Staat zu stürzen, die ist, ihn von innen heraus zu unterwandern. Genau das haben wir getan. Man muss zunächst mit den Wölfen heulen, damit man in die Position gelangt, ihnen die Kehle durchzubeißen.«

Die Worte des Professors schienen eine Art schleichendes Gift zu enthalten. Es ließ sich nicht leugnen, dass ihnen eine gewisse Logik innewohnte, und sei sie noch so verdreht und kompliziert. Aber konnte ein Mensch, der sich einmal mit dem Blut Unschuldiger besudelt hatte, jemals unter die moralisch Rechtschaffenen zurückkehren? Schloss ein solcher Kompromiss nicht ein, dass man langsam zu dem wurde, was man am Beginn des Weges einmal bekämpft hatte?

Eine Welt ohne Krieg und Ungerechtigkeit ... Das wäre wahrlich ein Ziel, für das es sich zu sterben lohnte. Aber sollten Männer wie dieser Professor Sänger in Zukunft heimlich über Recht und Unrecht entscheiden dürfen? Ich dachte ein weiteres Mal innerhalb kürzester Zeit an das Horrorkabinett unter der Burg zurück; diese Bilder würden mich wahrscheinlich bis zu meinem Tod in immer kürzer werdenden Abständen quälen. Die Ausstellung konservierter Verbrechen. Die Sammlung der grausamsten Versuche, die wahrscheinlich je an menschlichen Wesen unternommen worden waren. Wer so etwas rechtfertigte, der durfte um keinen Preis über das Schicksal dieser Welt entscheiden. Wenn wenigstens ein Teil dessen, was Sänger und von Thun erzählt hatten, stimmte, dann hatte ich, Frank Gorresberg, den Professor schon einmal aufgehalten.

Unglücklicherweise konnte ich mich nicht daran erinnern, wie.

»Was ist damals mit Miriam geschehen?«, fragte ich.

Der Professor faltete seine Hände über der Brust. Es waren Hände aus faltiger rosafarbener Haut mit hässlichen braunen Altersflecken und dicken, schwulstigen Adern, die sich überdeutlich darunter abzeichneten, als lägen sie tatsächlich auf den Handrücken und seien nur matt lasiert worden, um sie zu kaschieren. Es schien, als habe das Alter alles Fleisch von seinen langen Fingern geschmolzen. In der Miene des Greises waren Zweifel zu erkennen. Insgeheim rechnete ich damit, dass der Alte meine Frage überhaupt nicht beantworten würde, doch nach einer kleinen Weile räusperte Sänger sich umständlich.

»Die Geschichte von Miriam ... Du hast damit meine Arbeit fast vernichtet, auch wenn mir klar ist, dass das niemals in deiner Absicht gelegen hätte«, begann der Professor mit einem gequälten Lächeln auf den Lippen. »Miriam war ein bildschönes junges Mädchen. Sie war noch keine vierzehn, aber sie sah schon ein wenig älter aus. Ihr Vater war ein wichtiger Botschafter in Bonn.«

Er zuckte hilflos mit den Schultern, wobei ich nicht sicher war, was diese Geste zu bedeuten hatte. Hatte sie etwas damit zu tun, dass er es nicht hatte umgehen können, ein Mädchen südländischen Typs in seine Schule aufzunehmen, oder eher mit dem, was er weiterhin erzählte? Wahrscheinlich mit beidem.

»Das Unglück geschah am ersten Tag der großen Ferien«, sagte Sänger nach einer unbehaglichen Pause, in der er wohl nach den richtigen Worten gesucht hatte. »Ein Samstag. Ich erinnere mich daran, als sei es erst gestern gewesen. Am Morgen hatte man alle Schülerinnen und Schüler, die nicht von ihren Eltern abgeholt worden waren, zum Bahnhof gebracht. Auch die meisten Lehrer hatten bereits die Schule verlassen – außer jenen wenigen, die in die Geheimnisse des Projekts Prometheus eingeweiht waren, versteht sich. Für den späten Nachmittag war eine Versuchsreihe im Burgfried angesetzt. Es sollten Experimente mit Schallwellen gemacht werden. Was zu diesem Zeitpunkt niemand wusste, war, dass du, Frank, dich mit Miriam verabredet hattest. Sie ist einfach an der ersten Bahnstation aus ihrem Zug ausgestiegen und dann wieder zurückgefahren. Von Bad Münstereifel aus hat sie dann einen Verbindungsbus nach Crailsfelden genommen. Dort hast du sie auf dem Dorfplatz erwartet. Den Termin für das Experiment hast du einfach in den Wind geschlagen. Euer Plan war, dass sich Miriam für ein paar Tage heimlich erneut in ihrem Zimmer im Mädchenflügel einquartiert. Ihren Eltern hatte sie einen Brief geschrieben, dass sie für ein paar Tage zu einer Freundin fahren würde, so dass sie zu Hause niemand vermisste. Am frühen Abend dann seid ihr zur Burg hinaufgeschlichen. Deine fünf Kameraden, Stefan, Ed, Judith, Ellen und Maria, hatten den ganzen Nachmittag an den Experimenten teilgenommen. Ihre telepathischen Fähigkeiten waren stark sensibilisiert. Sie hatten gespürt, dass du zur Burg zurückgekommen warst, und sie waren wütend auf dich, weil du sie verraten hattest. So sahen sie es jedenfalls. Maria war ihre Wortführerin. Ich weiß nicht genau, was damals in sie gefahren war. Es muss eine Verkettung unglücklicher Umstände gewesen sein. Sie waren alle in aggressiver Grundstimmung, und offenbar ist Miriam sehr empfänglich für ihre telepathischen Manipulationen gewesen. Sie haben die Kontrolle über Miriam übernommen und sie hinunter in die geheimen Forschungsbereiche gelockt. Da dieser Bereich der Burg nur zugänglich war, wenn man um den versteckten Eingang wusste, gab es dort keine Wachen. Ihr seid also alle ungehindert in den Burgfried, das Allerheiligste unserer Forschungsarbeit, marschiert. Das allein wäre schon eine Katastrophe gewesen! Aber dann kam es zu allem Überfluss auch noch zu dieser Auseinandersetzung dort. Die fünf haben euch gestellt. Ursprünglich solltest du nur eine tüchtige Abreibung für deinen Ungehorsam bekommen, Frank, doch dann ist Miriam die Treppe zur Aussichtsplattform auf dem Burgfried hinaufgelaufen. Du bist ihr gefolgt, die anderen haben euch nachgesetzt, und dann …«

Der alte Mann geriet einen Moment ins Stocken, so als berührte ihn die Geschichte tatsächlich, die er gerade erzählte, und nicht etwa der zuvor schon erwähnte Umstand, dass in ihrer Konsequenz sein zweifelhaftes Lebenswerk zu zerbersten gedroht hatte.

»Ich hatte euch damals unbeaufsichtigt gelassen«, fuhr er schließlich fort, nachdem er einige Atemzüge des nachdenklichen Schweigens hatte verstreichen lassen. »Es war auch mein Fehler. Maria und die anderen haben Miriam dazu gebracht, auf die Zinnen zu steigen. Ich habe es von meinem Arbeitszimmer aus gesehen. Sie haben sie dort dazu gebracht, diesen grotesken Tanz aufzuführen. Ich hatte Musik gehört, weißt du, eine Langspielplatte mit Liedern von Lale Andersen. Es lief gerade Lili Marleen, und das ziemlich laut … Das Lied hallte auf dem Burghof wider, und Miriam führte auf der Zinne ihren Tanz auf. Und dann ist sie gesprungen. Nicht wie eine Selbstmörderin – eher wie eine Turmspringerin bei der Kür. Stefan und Ed haben dich festgehalten. Du konntest nichts tun, als tatenlos zuzusehen. Weder geistig noch körperlich warst du stark genug, dich gegen alle anderen zu stellen.«

Sänger seufzte tief. Ein kleines bisschen hatte ich den Eindruck, dass es ihm gut tat, die ganze Geschichte noch einmal in allen Details wiederzugeben. Es hatte nicht in meiner Absicht gelegen, ihm einen Gefallen zu tun, dennoch ließ ich ihn weitererzählen. Ich musste alles wissen. Der Professor ließ sich nicht eigens dazu auffordern. Seine Erzählwut war wirklich erstaunlich – nachdem ich mich zum ersten Mal über einen längeren Zeitraum mit von Thun unterhalten hatte, hätte ich es nicht für möglich gehalten, dass ein Redefluss wie seiner noch zu übertreffen wäre, aber Sänger hatte den alten Advokaten wahrscheinlich längst eingeholt, in Zeit und Worten gerechnet. Vielleicht war stundenlanges Reden mit wehrlosen Kindern und buchstäblich ans Bett gefesselten Patienten eine Art Eigentherapie, die manche ältere Menschen an sich selbst praktizierten, um beispielsweise die

Schrecken der durchlebten Kriege – und waren sie noch so stolz auf die Sache, für die sie gekämpft hatten – auf den letzten Drücker noch zu verarbeiten. Vielleicht versuchten von Thun und Sänger aber auch nur, sich ihr Gewissen rein zu reden.

»Miriams Tod ließ sich nicht verheimlichen«, seufzte der Professor. »Es kam zu einer umfassenden polizeilichen Untersuchung der Todesumstände. Ein Teil der Anlagen wurde entdeckt; das meiste konnte ich jedoch beiseite schaffen oder tarnen. Das Resultat war jedoch, dass man der Schule verstärkte Aufmerksamkeit widmete. Es kam auch ans Licht, dass es im Laufe der dreißig Jahre, die ich die Schule nach dem Krieg unterhalten hatte, mehrfach zu Schwangerschaften von Schülerinnen gekommen war. So blieb mir letzten Endes keine andere Wahl, als die Schule schließen zu lassen und mich vermeintlich aufs Altenteil zurückzuziehen. Mehr als zehn Jahre vergingen, bis ich, gestützt von meinen Geldgebern, eine Software-Firma in Crailsfelden gründen konnte. Während der Bauarbeiten wurde heimlich eine Verbindung zu den unterirdischen Anlagen der Burg hergestellt. In den fast zwanzig Jahren, die mittlerweile seit Schließung der Schule vergangen waren, hatte ich reichlich Zeit, darüber nachzudenken, welche neuen Wege man beschreiten konnte.«

»Und Ihr neuer Weg führte zu der Erkenntnis, dass es besser wäre, uns alle umzubringen«, schlussfolgerte ich bitter.

Zu meinem Erschrecken nickte der Professor. »Ich sehe, es hat keinen Sinn, dir etwas vorzumachen«, seufzte er. »Ja, ich wollte euch töten. Ihr wart nicht länger steuerbar. Euch herumlaufen zu lassen war ein Risiko für die Öffentlichkeit. Deshalb solltet ihr sterben. Wie ich schon sagte: Es gab eine versteckte Gaspatrone in der Küche, ein geruchloses Nervengas. Ihr hättet nichts davon gemerkt. Dann aber zeigte sich deine abweichende Entwicklung … Ich muss gestehen, ich war fasziniert von dir. Deshalb wurde das Nervengas nicht eingesetzt. Doch nun ist die Faszination dem Grauen gewichen. Es war die richtige Entscheidung, euch zusammenzurufen, um euch zu töten. Nicht auszudenken, wenn du deine Aggressionen unter Menschen ausleben würdest.«

Der bittere Geschmack auf meiner Zunge wurde noch eine Spur unappetitlicher, als ich feststellte, dass Sänger, wenn es denn stimmte, dass ich Ed, Stefan und Maria auf dem Gewissen hatte, deren Menschsein verleugnete, aber ich versuchte, nicht an solcherlei irrelevanten Gedanken hängen zu bleiben und dem Alten weiter zuzuhören.

»In gewisser Weise ergeht es mir mit dir, wie es Aristoteles mit Alexander ergangen ist«, behauptete Sänger. »Alexander sollte der vollkommene König werden. Nach dem staatsphilosophischen Ansatz von Aristoteles ist das Königtum durch einen gerechten und weisen Herrscher die beste aller denkbaren Regierungsformen. Doch Alexander wurde zu einem trunksüchtigen Tyrannen, der sogar seine Freunde ermordete. Du solltest der neue Mensch werden, gesegnet mit einer telepathischen Begabung, solltest zum Werkzeug des Friedens auf dieser Welt werden. Stattdessen bist auch du zum unberechenbaren Mörder geworden, zu einer

Gefahr für die Allgemeinheit. Deshalb verurteile ich dich zum Tode. Doch bevor du stirbst, sollst du noch sehen, welche Verbrechen du begangen hast.« Der Alte blickte auf seine schwere Armbanduhr. »Es sollte jetzt der Zusammenschnitt der verschiedenen Videoaufzeichnungen aus der Burg fertig sein.«

Ich konnte nicht glauben, was meine Ohren mir weiszumachen versuchten. War der Alte jetzt vollkommen irre geworden?

»Sie sind doch nicht mein Richter!«, schnappte ich empört. »Wie können Sie nur –«

»Sorgt bitte dafür, dass er sich das Videoband auf jeden Fall ansehen wird«, fiel Sänger mir, an die beiden Pfleger gewandt, ins Wort und stand auf. »Bereiten Sie auch die Injektion des Muskelrelaxans vor.«

Ehe ich auch nur versuchen konnte, mir auszumalen, was um Himmels willen wohl ein Muskelrelaxans war, traten die beiden bulligen Pfleger an die Bahre heran, und ein metallisches Geräusch erklang. Ich konnte nicht sehen, was hinter meinem Kopf vor sich ging. Dann schnallten sie ohne Vorwarnung einen Lederriemen um meine Stirn und richteten meinen Kopf leicht auf. Etwas rastete klirrend ein, und als sei das nicht schon mehr, als ein Mensch mit einem letzten Rest von Würde ertragen konnte, spreizte einer der beiden schließlich mit seinen fleischigen Fingern weit meine Augenlider, und etwas unangenehm Kühles wurde darauf gesetzt.

Ich konnte meine Augen nicht mehr schließen!

»Was –«, entfuhr es mir fassungslos.

»Es besteht kein Anlass zur Sorge. Es wurde lediglich dein Kopf fixiert und ein Lidspreizer eingesetzt«, erklärte der Professor gelassen. »Ich möchte, dass du dir den Film in Ruhe ansiehst und keine Möglichkeit zum Wegschauen hast. Weißt du, nachdem wir uns so lange kennen, möchte ich, dass du verstehst, warum ich keine andere Möglichkeit habe, als dich unter extremen Sicherheitsvorkehrungen hinrichten zu lassen. Dein Mord an Doktor Schmidt und Schwester Carla hat mich in diesem Entschluss endgültig bestärkt. Wenn du das Video gesehen hast, wirst du das verstehen, Frank. Zunächst hatte ich gedacht, man könnte dir die wenigen Tage, die du noch zu leben hast, so angenehm wie möglich gestalten, aber deine unberechenbaren Anfälle machen das leider unmöglich. Du bist eine Gefahr für jeden, der sich in deine Nähe begibt. Deshalb endet dein Weg nun hier. Du sollst wissen, dass ich dies ohne Hass gegen dich entscheide. Im Gegenteil: Es bricht mir das Herz, doch ich trage Verantwortung für alle anderen hier, und es darf keine weiteren Toten mehr geben.«

Eine Welle nackter Panik griff nach mir. Ich wollte etwas antworten, doch meine Kehle war wie zugeschnürt.

»Was wird mit mir ...«, brachte ich schließlich stockend hervor, während ein Teil tief in mir mich zynisch für diese herzerfrischend dämliche Frage beglückwünschte. Hatte Sänger mir nicht gerade ziemlich unmissverständlich erklärt, dass er mich notschlachten wollte?

»Du wirst dir die Aufzeichnungen all deiner

Morde aus dieser Nacht ansehen«, antwortete Sänger. »Es wird dir helfen, mich zu verstehen.«

Irrsinn, schoss es mir durch den Kopf. Das war doch alles nichts als gottverdammter Schwachsinn! Ich hatte niemanden getötet! Wenn jemand mit absoluter Gewissheit behaupten konnte, dass ich nicht der Killer war, vor dem wir alle gleichermaßen geflüchtet waren, dann war das ja wohl ich selbst – unabhängig davon, wie viele manipulierte Bänder dieser senile Alte mir noch vorspielen ließ. Schließlich hatte ich auch diesen Dr. Schmidt und Schwester Carla nicht angerührt. Selbst wenn die Bilder auf dem Video echt gewesen sein sollten, dann hatte man zumindest an meiner Stimme herummanipuliert und meine Worte verändert. Diese beiden Wahnsinnigen hatten in meinem Krankenzimmer Selbstmord begangen, und anscheinend war ich noch nicht wirklich wach gewesen, als ich mich aufgesetzt und ihnen dabei zugesehen hatte, denn ansonsten könnte ich mich schließlich noch daran erinnern. Wie auch immer: Mein Gewissen war ein reines und meine Erinnerungen mittlerweile wieder lückenlos. Von meiner Ankunft in Crailsfelden bis hin zu dem Moment, in dem der fettleibige Kneipenwirt mich mit einer Kugel niedergestreckt hatte (Übrigens: Ich war ein Held gewesen. Ich hatte Judith das Leben gerettet.), hatte ich keine Erinnerungseinbußen zu beklagen. Was zur Hölle wollte dieser vergreiste Wissenschaftler also von mir?

»Nüchtern betrachtet ist es eine absolut logische Kette.« Sänger zog eine Grimasse, die wohl Verständnis heucheln sollte. »Zunächst Stefan und

Ed. Die beiden haben dich damals auf dem Turm festgehalten, als Miriam gesprungen ist.«

»Nein«, entgegnete ich, aber der Alte redete unbeirrt weiter.

»Und dann natürlich Maria«, behauptete er. »Sie ist die treibende Kraft in diesem makaberen Kinderspiel gewesen. Bei ihr bist du anders vorgegangen. So, wie Ed und Stefan ganz banal ihre physische Kraft nutzten, um dich festzuhalten, so hast du darauf verzichtet, deine besonderen Gaben zu nutzen. Du hast sie einfach mit dem Messer umgebracht. Aber Maria wolltest du es mit gleicher Münze heimzahlen. Du hast nicht Hand an sie gelegt ...« Der Alte seufzte tief. »Aber wir beide wissen, dass du das auch nicht nötig hast. Du hast sie dazu gezwungen, so wie Miriam zu sterben. Ich weiß nicht, was du ihr für Schreckensbilder vorgegaukelt hast – sie war einmal sehr stark ... Du hast sie auf der Zinne tanzen lassen, so wie sie damals Miriam hat tanzen lassen. Allerdings hatte Maria noch die Kraft, sich zu erschießen. Ich denke, das gehörte nicht zu deinem Plan. Du wolltest sie regelrecht hinrichten, nicht wahr? Sie sollte all die Angst nacherleben, die Miriam damals erlitten hat.«

Während er die letzten Sätze ausgesprochen hatte, hatte der Professor den Kopf schräg gelegt. Mit erwartungsvoller Miene betrachtete er mich. Wenn ich doch nur seine Augen sehen könnte, dachte ich bei mir. Wie mochten sie aussehen, die Augen dieses Ungeheuers? Was mochte ich in einem solchen Augenblick in ihnen lesen können? Und: Erwartete Sänger eigentlich tatsächlich, dass ich auf seine irrsinnigen Spekulationen einging?

»Sie sind ein sehr kranker Mann, Professor.«

Ich war unglaublich stolz auf mich. Meine Stimme hatte absolut fest geklungen, fest und voller Gelassenheit, auf gar keinen Fall wie die eines Delinquenten, den man gerade auf dem Schafott festgeschnallt hatte. Möglicherweise bekam ich in diesen Sekunden zum letzten Mal Gelegenheit, mir selbst und der Welt, die sich nie für mich interessiert hatte, zu beweisen, dass sich durchaus ein ganzer Kerl hinter der Fassade des Weicheis verbarg. Ich tat gut daran, sie zu nutzen. Wenn ich sterben musste, dann wollte ich dabei wenigstens mit mir im Reinen sein.

»Du brauchst nicht zu antworten, Junge«, überging Professor Sänger meine Frage. »Ich weiß, dass es so ist. Ich kenne dich besser, als du selbst dich kennst, denn ich habe den Schlüssel zu all den Erinnerungen, die dir fehlen. Die Bilder werden dir beweisen, dass ich nicht lüge. Du ahnst nicht, was für eine Gefahr du bist. Deshalb ist der Injektor auch so eingestellt, dass du das Muskelrelaxans verabreicht bekommst, sobald das EEG ein ungewöhnliches Hirnstrombild verzeichnet. Du tötest durch deine Gedanken, Junge.«

Wenn dem so wäre, dachte ich bitter, dann wäre Sänger längst tot. »Sie könnten mich doch einfach jetzt schon umbringen«, stellte ich fest. »Warum also all die Mühe?«

Professor Sänger machte eine wegwerfende Geste. »Ich möchte, dass du begreifst, warum du sterben musst«, antwortete er.

»Und wie –«

»Ich habe leider keine Gelegenheit mehr gehabt,

zu untersuchen, wozu du fähig bist«, schnitt Sänger mir das Wort ab. »Allerdings muss ich davon ausgehen, dass du schnell und entschlossen handelst, wie die Aufzeichnungen über den Tod von Doktor Schmidt und Schwester Carla beweisen. Deshalb soll sich niemand in deiner Nähe aufhalten. Der Injektor wird dich töten. Ihn kannst du durch deine Gedanken nicht manipulieren. Das Gift, Succinylcholin, kann man mit dem Pfeilgift Curare vergleichen, nur dass es noch tödlicher ist. Du bekommst zehn Milligramm verabreicht. Das ist das Doppelte der Dosis, die man bei einem Menschen auf jeden Fall für tödlich hält. Dadurch, dass es dir über einen Herzkatheter injiziert wird, wird es sich in weniger als dreißig Sekunden in deinem ganzen Körper ausbreiten. Es lässt sämtliche Muskeln des Körpers erschlaffen. Nur das Herz schlägt noch weiter. Die Atmung setzt aus, während du bei vollem Bewusstsein bist. Dann beginnt der Körper, die Sauerstoffreserven im Blut zu verbrauchen. Wusstest du, dass dein Herzmuskel das Organ in deinem Körper ist, das den meisten Sauerstoff verbrennt? Dort wird es zuerst zu einer Unterversorgung kommen. Die Muskelzellen sterben ab, während das Herz noch weiterarbeitet. Im Grunde ist es wie ein künstlich herbeigeführter Herzinfarkt. Man sagt, dass das Absterben des Herzens mit ungeheuren Schmerzen verbunden ist, so, als würde man minutenlang mit einem glühenden Dolch in deiner Brust herumstochern. Es tut mir Leid, dass dies der Weg ist, den du beschreiten wirst, aber es ist die sicherste Art, dich zu töten. Kurz nachdem das Herz abzusterben beginnt, macht sich die Sauerstoffunterversorgung auch in deinem Gehirn bemerkbar. Spätestens zehn Minuten nachdem das Gift injiziert wurde, ist man hirntot, obwohl das sterbende Herz noch immer pumpt und mit Kohlendioxid vergiftetes Blut durch deinen Körper jagt.«

Sängers plastische Schilderungen des Todes – oder besser gesagt des Sterbeprozesses –, der mir bevorstand, erschreckten mich auf eine seltsame, irgendwie passive Weise. Selbstverständlich hatte ich begriffen, dass er tatsächlich von mir gesprochen hatte, und ich hatte das sichere Gefühl, dass der alte Professor mir eine ganz besonders grausame Art des Sterbens zugedacht hatte. Wahrscheinlich verübelte er mir, dass ich angeblich Schuld daran gehabt hatte, dass er das Internat hatte schließen müssen, doch weitaus mehr, als er offen zugab. Aber der Schrecken des bevorstehenden Leides erreichte mich nicht ganz. Ein bisschen fühlte ich mich, als redete der Alte an mir vorbei zu jemand anderem, obwohl er mich direkt ansah, von jemandem, der mir sehr nahe stand und dessen Schicksal mich ungemein rührte, aber nicht selbst betraf. So blieb eine seltsame Distanz, die sich wahrscheinlich darauf zurückführen ließ, dass mein Herzschlag sich während seiner Schilderungen kurzfristig beschleunigt haben musste, woraufhin unverzüglich die Dosis des Beruhigungsmittels erhöht worden war. In diesem Moment war ich ganz froh, dass es so war. Meine Lage war aussichtslos. Was hätte es mir noch genutzt, aufzubegehren?

Professor Sänger trat ganz nah an mich heran und drückte meine Rechte – die mir wie auch die andere Hand mit breiten Lederriemen dicht an den

Leib gefesselt war – kurz, aber zumindest scheinbar herzlich mit seinen knochigen, dürren Fingern.

»Es war mir eine Ehre, dich gekannt zu haben, Frank«, behauptete der Alte lächelnd. »In gewisser Weise bist du der moderne Prometheus geworden. Er bringt den Menschen das Feuer und die Weisheit, und die Götter bestrafen ihn, indem sie ihn mit schweren Ketten an eine Felsklippe fesseln, wo ein Adler von der Leber des Wehrlosen frisst. Und damit die Folter bis in alle Ewigkeit dauern kann, wächst die verwundete Leber über Nacht stets wieder nach. Du bist der Erste der neuen Generation, Frank. Du wirst die Menschheit vorwärts bringen, so wie es noch nie ein einzelnes Individuum zuvor getan hat. Und nun liegst du hier gefesselt. Doch der Tod wird schnell seinen Weg zu dir finden.«

Der Alte griff ein weiteres Mal nach meiner Hand und drückte sie etwas fester als zuvor. »Was sagt man, wenn man sich unter diesen Umständen trennt? Lebe wohl wäre wohl recht zynisch«, fragte er und zog eine Grimasse. »Belassen wir es dabei, dass du der außergewöhnlichste Mensch warst, dem zu begegnen ich in meinem langen Leben die Ehre hatte.«

Ich bin gerührt, dachte ich verbittert. Sänger ließ meine Hand los, nickte ein letztes Mal kurz in meine Richtung und zog sich dann zurück. Ich konnte nicht sehen, wohin er ging, aber ich hörte, dass seine Schritte sich dem Ausgang näherten. Auch ob die beiden Pfleger noch im Raum waren, konnte ich nicht sehen. Mein Kopf war festgeschnallt, und meine Augenlider waren durch die Lidspreizer weit geöffnet. Ich hatte überhaupt keine andere

Wahl, als geradeaus auf den mittleren Bildschirm zu blicken, der dicht unter der Decke vor meiner Bahre hing.

»Jeder zum Tode Verurteilte hat noch einen letzten Wunsch«, sagte ich leise. »Habe auch ich dieses Recht?«

»Natürlich kannst du dir etwas wünschen.« Sänger verharrte im Türrahmen. »Ich werde dir aber nicht versprechen, dass ich dir diesen Wunsch erfülle.«

»Ich möchte nur noch einmal Judith und Ellen sehen«, sagte ich.

»Nein«, entgegnete der Professor entschieden. »Es ist viel zu riskant, dich mit anderen zusammenzubringen. Ich weiß nicht, welche Kräfte die Todesangst bei dir freisetzen wird.«

»Dann beantworten Sie mir nur noch eine Frage«, bat ich. »Wer war Doktor Gobler?«

Sänger schwieg einen Moment, in dem ich mir wünschte, sein Gesicht sehen zu können, statt dazu verdammt zu sein, stier geradeaus auf den Fernsehmonitor zu blicken. Ob ihn meine Frage überrascht hatte? Oder hatten seine dünnen Lippen sich wieder zu diesem zynischen, sichelartigen Lächeln verzogen?

»Von Thun hat geredet, nicht wahr?«, sagte der Alte schließlich, und ich glaubte leichte Verärgerung aus seiner Stimme herauszuhören, war mir aber alles andere als sicher. »Doktor Gobler war ein Psychotherapeut. Er hat euch sechs nach dem tragischen Tod von Miriam behandelt.«

»Was hat er mit uns gemacht?«, hakte ich nach. »Warum kann ich mich an die Jahre auf der Burg nicht mehr erinnern? Warum haben wir alle vergessen, was mit uns geschehen ist?«

»Bist du sicher, dass wirklich alle vergessen haben, was geschehen ist?«, gab der Alte anstelle einer Antwort zurück.

»Warum erinnere ich mich nicht?« Ich schrie fast. Ich wollte Antworten hören, verdammt noch mal, keine Fragen! Dieser greise Menschenschinder schuldete sie mir!

Aber die einzige Antwort, die ich vernahm, war das Geräusch der Tür, die ins Schloss fiel. War das wieder eines der widerwärtigen Spiele, zu denen der Alte neigte? Hatte er die Tür zugeworfen, um mich glauben zu machen, allein zu sein, damit er mich aus dem Verborgenen und aus nächster Nähe beobachten und sich an meinem Leid und meiner Ohnmacht laben konnte? Ich lauschte angestrengt, aber da war nichts. Nicht das Geräusch von Atem, kein Rascheln von Stoff, kein leises Schlucken oder Schmatzen, wie Menschen dieses Alters es manchmal unkontrolliert von sich geben, nichts war zu vernehmen. Ich war allein.

Konnte es sein, dass einer der anderen tatsächlich gelogen hatte? Konnte einer von uns von Anfang an gewusst haben, was auf der Burg passieren würde?

Aber das passte doch nicht zu der Gaspatrone, die angeblich in der Küche platziert gewesen war, um uns alle zu töten!

Es sei denn, der Verräter hätte davon gewusst, meldete sich die heimtückische Stimme in meinem Hinterkopf. Dann wäre es ihm ein Leichtes gewesen, alles so einzurichten, dass er fehlte, wenn die

Patrone in der Küche ins Spiel gebracht wurde, die alle anderen auf einen Schlag tötete. Es hätte genug solcher Gelegenheiten gegeben im Laufe des Abends, und zwar für jeden von uns. Wer also konnte dieser Verräter sein?

Zu den Toten gehörte er wohl kaum. Also blieben nur Judith und Ellen. Ob man Ellen zu dieser monströsen Selbstoperation gezwungen hätte, wenn sie auf Professor Sängers Seite stand? Wohl kaum, oder? Und Judith ...?

Nein, Judith konnte es nicht gewesen sein. Judith hatte die ganze Zeit über zu mir gehalten, an meiner Seite gestanden, sie war für mich da gewesen, sie hatte mir vertraut und umgekehrt. Judith war die Ruhe und die Unschuld in Person. Wir hatten miteinander geschlafen!

Ellen hingegen war fanatisch genug, um freiwillig bei einem solchen Experiment wie der Selbst-OP mitzuarbeiten. Vielleicht hatte Sänger tatsächlich die Wahrheit gesagt, als er behauptet hatte, Ellen habe darauf bestanden, sich selbst die Metastasen aus dem Bauch zu holen. Sie musste die Verräterin sein. Von Anfang an hatte sie uns alle von oben herab behandelt. Sie hatte gewusst, was geschehen würde. Sie hatte es nicht nötig gehabt, sich Freunde zu machen – im Gegenteil: Es war vollkommen unsinnig, sich mit Vieh auf dem Weg zur Schlachtbank anzufreunden. Eher versuchte man doch, alles Positive, was diesem im lebendigen Zustand anhaften mochte, auszublenden, um etwaigen Verlustschmerz zu vermeiden.

Der Fernsehschirm flammte auf, und auf ihm wurde ein Gang sichtbar, der in fahles Licht getaucht war. In weiten Abständen hingen Lampen unter der Decke, die von dicken, verstaubten Glashalbkugeln abgeschirmt wurden. Ich kannte diesen Flur nicht. Eine Gestalt trat hinkend in das Sichtfeld der Kamera. Immer wieder blieb sie stehen und lehnte sich erschöpft gegen die Betonwände des Ganges.

Stefan! Irgendwie hatte er einen Weg in das Labyrinth unter der Burg gefunden – jedenfalls vermutete ich, dass er sich dort befand. Also gab es tatsächlich noch einen versteckten Eingang, durch den die Burg erreichbar war, aber so weit waren wir auch schon gewesen, als Stefan bei uns in der kleinen Küche angelangt war. Hatte er den Eingang zufällig gefunden, oder hatte er davon gewusst, weil er, wie Sänger erzählt hatte, zusammen mit mir und den anderen schon früher auf der Burg gelebt hatte? Hatte Stefan sich noch daran erinnern können, was damals hier geschehen war, und war letztlich ich der Einzige, der seine Erinnerungen verloren hatte? Möglicherweise war Sängers Geschichte um diesen ominösen Doktor Gobler nichts als eine Lüge. Wer konnte schon unterscheiden, wann der Alte gerade die Wahrheit sagte und wann er log.

Unsinn. Hätte Stefan von dem Ausgang gewusst, hätte das lebendige Anabolikadepot sich seine halsbrecherische Klettertour an der Burgmauer sparen können. Ich hatte seit Stunden nicht mehr darüber nachgedacht, aber nun, da ich diese Bilder sehen musste, quälte mich wieder die Frage, was mit ihm geschehen war, nachdem er den Keller erreicht hatte.

Ich atmete tief und bewusst ein und aus. Ich durfte mich nicht aufregen, egal, was gleich geschah auf diesem Videoband vor mir. Ich wünschte mir, zu dieser verfluchten Giftspritze hinübersehen zu können. Was hatte Sänger gesagt? Wenn das EEG zu starke Hirnströme verzeichnete, würde mir das Gift injiziert? Ruhig, ermahnte ich mich stumm. Stefan war tot und deshalb zweifellos nicht Täter, sondern Opfer. Und was auch immer ich gleich sah: Alles konnte manipuliert sein. Alles konnte so genial zusammengeschnitten worden sein, wie mein angeblicher Mord an Dr. Schmidt und Schwester Carla. Nichts durfte mich provozieren oder erschrecken.

Eine zweite Gestalt tauchte im Blickfeld der Kamera auf. Dicht mit dem Rücken zur Wand bewegte sie sich den Gang hinab. Dann gab es einen Schnitt, und die beiden Gestalten waren nun aus einem anderen Winkel zu sehen; anscheinend hatte die Kamera gewechselt. Nun sah man den Schleichenden im Vordergrund des Bildes.

Er war ich.

Hast du denn etwas anderes erwartet, begann ich stumm auf mich einzureden. Sänger will dich fertig machen. Er will dich leiden sehen bis zuletzt. Er will dir die letzten Minuten deines Lebens zur Hölle machen, ehe er dich umbringt, schließlich hast du seine verdammte Schule auf dem Gewissen. Du weißt selbst am besten, wo du gewesen bist, und vor allen Dingen, wo du nicht warst.

In dem Filmausschnitt hielt ich den Napola-Dolch fest umklammert. Stefan kämpfte sich noch immer mühsam vorwärts. Allein schon auf den

Beinen zu bleiben trieb ihn offensichtlich an den Rand seiner Kräfte. Ich sah, wie ich den Dolch hob. Weniger als ein Meter trennte mich von dem Sportler. Ich wollte nicht sehen, was passierte, nicht mit diesem widerlichen Horrorfilm konfrontiert werden, den der Professor sich da zusammengeschnipselt haben mochte. Aber mein Kopf war so fest an die Bahre gebunden, dass ich ihn nicht einen einzigen Millimeter bewegen konnte und das Blut in meiner Stirn alle Mühe hatte, die Venen und Adern zu passieren; obendrein ließen sich meine Lider nicht schließen, nicht einmal zur Hälfte, nicht einmal ein winzig kleines bisschen. Ich musste zusehen, wie die Klinge in meiner erhobenen Hand aus dem Hinterhalt auf Stefan hinabfuhr und sich zwischen den Schulterblättern tief in seinen Rücken bohrte. Wie vom Blitz getroffen, ging der Sportler zu Boden. Dunkles Blut trat aus der Wunde und bildete innerhalb kürzester Zeit eine erhebliche Lache auf dem Betonboden. Meine Lippen bewegten sich, aber es gab keine Tonspur, so dass ich die Worte nicht verstehen konnte. Dann verschwand ich im Dunkel eines unbeleuchteten Korridors.

Die Kamera blickte noch immer auf Stefan herab und zoomte sich an sein Gesicht heran. Es war eine einzige Grimasse des Schmerzes. Der Bodybuilder zuckte, als erlitte er Krämpfe. Schließlich aber tastete seine rechte Hand über die unebene Betonwand, und er zog sich langsam daran in die Höhe. Schleppend und hustend setzte er sich erneut in Bewegung, wobei helles, schaumiges Blut aus seinem Mundwinkel tropfte.

Für einen kurzen Moment verdunkelte sich der Bildschirm, dann erschien eine andere Szenerie darauf. Ich erkannte die Küche, in der wir laut Sänger alle hatten sterben sollen, obwohl das Bild von seltsam falsch anmutenden Farben geprägt war. Alles war in Schwarz- und Grüntönen abgebildet. Ich erkannte Carl, verängstigt in der Ecke neben Eds Stuhl kauernd, wenn auch der Wirt kaum mehr als ein dicker grüner Schemen war. Die Kamera musste eine Nachtsichtoptik haben, schlussfolgerte ich. Zu dem Zeitpunkt des Mordes an Ed war das Licht ausgefallen. Deshalb die seltsamen Farben auf dem Video.

Das Kamerazoom fuhr zurück, und nun konnte ich auch die zusammengesunkene Gestalt Cowboystiefel-Eduards in seinem Sessel sitzen sehen. Ich wusste, was nun kommen würde. Noch einmal versuchte ich den Kopf zu drehen oder die Augen zu schließen, aber auch dieses Mal erreichte ich nichts damit. Die Lederriemen hielten mich eisern fest. Die Lidklammern schmerzten an meinen Augen. Ich hatte keine andere Wahl, als weiter hinzusehen und dem Grauen mit weit aufgerissenen Augen zu folgen. Eine dritte Gestalt erschien in der Küche und schlich in weitem Bogen um Carl, als wollte sie ausprobieren, ob der dicke Wirt etwas sehen konnte. Als Carl nicht auf sie reagierte, trat sie etwas dichter an ihn heran.

Das kann doch jeder sein, wehrte ich mich gedanklich gegen das, was ich sah. Eine konturlose Gestalt aus grünem Licht. Was sagte das denn schon?

Es ist eine Gestalt, die deine Größe hat und sich

auch bewegt wie du, flüsterte eine Stimme in meinem Kopf. Es stimmt, was Sänger sagt, du bist ein Mörder!

Der Eindringling stand nun hinter Ed. Ich wollte wegsehen, nichts auf der Welt wollte ich mehr als wegzusehen, aber ich hatte nicht die Spur einer Chance. Ganz langsam, so als genösse der Mörder den Augenblick der Allmacht, näherte sich die Klinge Eds Hals. Dann setzte er einen schnellen, gezielten Schnitt. Ed bewegte sich noch. Ich musste mit ansehen, wie der Möchtegerncowboy nach seiner Kehle griff und verzweifelt versuchte, die Blutung zu stillen. Der grüne Schemen trat ein wenig dichter an ihn heran und packte ihn am Schopf, um seinen Kopf nach hinten zu reißen und sich kurz mit dem scharfen Messer an seiner Stirn zu schaffen zu machen, ehe er den Dolch beiseite legte und eilig den Raum verließ. Nur Sekunden später flammte das Licht auf, und für die Dauer eines Herzschlags war der Monitor in grellweißes Licht getaucht. Dann aber schien sich die Kamera automatisch an die neuen Lichtverhältnisse angepasst zu haben. In allen Details dokumentierte ihr Auge das Grauen in der Küche. Eds linke Hand hing schlaff herab, während seine rechte noch immer in das weiche Fleisch seiner Kehle verkrallt war. Carl schien zu schreien, aber ich hörte nichts, denn auch hier fehlte der Ton. Noch immer spritzte dem Wirt Blut ins Gesicht, aber der Schreck schien ihn so sehr in der Gewalt zu haben, dass er nicht in der Lage war, aufzustehen und fortzurennen, sondern sich nur laut kreischend mit dem Rücken gegen den Küchenschrank presste. Schließlich sackte Eds

Kopf nach hinten, und das Blut pulste in immer längeren Intervallen aus der klaffenden Wunde, die von seinem Kehlkopf bis fast zum Nacken reichte.

Ich begann zu weinen. Mit einem Mal fiel aller Trotz, mit dem ich mich selbst zu schützen versucht hatte, von mir ab. Es hatte keinen Sinn, die Augen vor der Wahrheit zu verschließen. Sänger war eine Bestie, ein Unmensch, aber kein Lügner. Ich war ein Killer! Und ich war wahnsinnig. An keine der Bluttaten, die ich auf dem Monitor hatte sehen müssen, konnte ich mich erinnern, aber ich erkannte die kalte Logik des wohl durchdachten Rachefeldzuges hinter ihnen, und ich wusste, dass beide Morde sich zu Zeitpunkten abgespielt haben mussten, an denen ich mich selbst bewusstlos am Boden liegend geglaubt hatte. Ich musste an den Augenblick zurückdenken, in welchem ich im Lehrerhaus erwacht war – in einem Sessel sitzend, obwohl ich auf der Erde liegend ohnmächtig geworden war. Dann der Einsturz im Keller: Ich war von Schutt und Geröll begraben worden, zumindest zum Teil, es konnte gar nicht anders gewesen sein. Aber ich war abseits des Geröllberges und frei von jeglichem Schutt erwacht. Ich musste mich im Schlaf bewegt haben! Während ich in meinen Träumen versucht hatte, das Mädchen namens Miriam zu retten, um letztlich doch tatenlos zuzusehen, wie sie sich auf Marias Kommando von den Zinnen stürzte, hatte ich einen längst vergessenen Teil meiner Vergangenheit gerächt. Ich hatte Miriams Tod gerächt. Ich hatte im Schlaf gemordet! Die Bestie in mir hatte meine Ohnmacht genutzt, um sich meinen Körper anzueignen und Selbstjustiz zu üben.

Es war, wie Professor Sänger gesagt hatte: Zuerst mussten die sterben, die mich damals festgehalten hatten, als Miriam ermordet wurde.

Wieder änderte sich das Bild auf dem Monitor, und nun erblickte ich einen schmalen Treppenschacht, an dessen oberem Ende ich Maria sehen konnte. Ihr Mund war zu einem lautlosen Schreien verzerrt, und in ihren Augen spiegelten sich blankes Entsetzen, Panik, Hysterie und Todesangst. Sie hob ihre Pistole und schoss auf die Treppe, ohne dass dort irgendetwas zu sehen gewesen wäre, auf das es sich zu schießen gelohnt hätte. Dann verschwand sie aus dem Bild, und die Kameraperspektive wechselte. Nun war der Turm aus der Richtung des Lehrerhauses zu sehen. Es musste ein wenig Zeit vergangen sein, denn nun stand Maria auf den Zinnen und tanzte ihren grotesken Todestanz.

Ich war nicht dabei, dachte ich verzweifelt. Ich habe damit nichts zu tun gehabt. Ich war das nicht! Wenigstens das nicht!

Aber ich wusste es besser. Überdeutlich erinnerte ich mich daran zurück, dass ich vom Dachfenster aus zum Turm hinüber gestarrt hatte, halb benommen und nicht mehr Herr meiner Gedanken. Wenn wahr war, was Sänger sagte, dann benötigte ich kein Messer, um zu töten. Alles, was diese Bilder mir zeigten, untermauerte die Worte des Professors. Ich, Frank Gorresberg, beherbergte eine seelenlose Bestie, die tief in meinem Hirn lauerte und auf Mord sann.

Maria hob die Pistole. Im nächsten Moment zuckte sie zusammen und stürzte schließlich von der Zinne. Gnadenlos vergrößerte das Zoom ihren zerschmetterten Körper auf dem nassen Pflaster des Hofs, ehe der nächste Schnitt eingeblendet wurde. Er zeigte mein Krankenzimmer, und dieses Mal hatte ich mehr als nur eine genaue Vorstellung von dem, was kommen würde. Ich kannte diesen Filmausschnitt, denn Sänger hatte ihn mir schon einmal vorgespielt. Der junge Arzt und die rothaarige junge Schwester betraten mein Zimmer.

Wie lange mochten die Filmausschnitte angedauert haben, fragte ich mich. Zehn Minuten?

Gut. Dann blieben mir noch sagenhafte zwanzig Minuten zu leben. Ich tat vielleicht besser daran, mich zu entspannen und zu versuchen, mich auf dieses verborgene Ich zu konzentrieren, das irgendwo in mir schlummerte und das ich in diesem Moment für fünf Morde verantwortlich erklärte. Wahrscheinlich war es unsinnig, denn ich schien eine Art Schlafwandler zu sein – unmöglich, bei vollem Bewusstsein Zugang zu dieser seltsamen Persönlichkeit zu erlangen, zu der ich allem Anschein nach mutierte, sobald ich schlief. Aber es gab nichts Sinnvolleres, mit dem ich mich in den letzten Minuten meines Lebens beschäftigen konnte, und ich war bereit, mich an jedes Seidenfädchen der Hoffnung zu klammern, das sich mir bot. Es gab nur ein einziges.

Es war natürlich vollkommen absurd, aber wenn es stimmte, was Professor Sänger behauptet hatte, dann war ich so etwas wie Doktor Jekyll und Mister Hyde. Wenn er in allen Punkten die Wahrheit gesagt hatte, dann war das vielleicht das Beste, was ich mir in dieser Situation wünschen konnte. Man musste schon ein begnadeter Entfesslungskünstler sein, um sich aus den breiten Lederriemen zu befreien, die sich fest über meinen Körper spannten und schmerzhaft in meine Haut schnitten. Aber wenn diese geistigen Kräfte, die ich angeblich besaß, tatsächlich so übermächtig waren, wie der Alte behauptet hatte, dann würden sie vielleicht dazu in der Lage sein. Was würde geschehen, wenn ich das rachsüchtige Kind in mir, das fünf erwachsene Menschen getötet hatte, mutwillig entfesselte?

Ein pochender Schmerz begann hinter meiner Stirn zu klopfen, während ich angestrengt versuchte, mich zu konzentrieren. Mit aller Macht stellte ich mir vor, in mich selbst hineinzureisen. Wo war dieser verdammte Schlüssel zu all den Jahren, die man aus meiner Erinnerung gestohlen hatte?

Ich dachte an die Fotos zurück, die ich in dem Schreibtischfach gefunden hatte. An Miriams Bild ... Miriam, das Mädchen aus meinen Träumen, das Kind, das von der Zinne stürzte – meine erste große Liebe?

Ich erinnerte mich an sie. Wenn mir alles genommen worden war – Miriam fand ich noch immer in meinem Herzen, obwohl ich darin lange nach ihr suchen musste und es einer ganzen Reihe von Träumen, Bildern und Erzählungen bedurft hatte, meine Erinnerungen schleichend zurückzuholen. Ich wusste nicht mehr, wie ihre Stimme klang, ich erinnerte mich nicht an ihren Geruch oder etwas anderes Beschreibbares. Aber da war ein Gefühl. Ein warmes Gefühl, das allein für ihren Namen stand. Ob Miriam mir als Brücke über den breiten Graben meiner verlorenen Erinnerungen dienen konnte? Wie war es eigentlich möglich, dass ich nichts mehr wusste? War es allein eine Auswirkung des Schocks über den Tod des Mädchens, das ich offenbar geliebt hatte, oder hatte dieser Doktor Gobler ... irgendetwas mit mir gemacht? Konnte ein Mensch einem anderen seine Erinnerungen rauben?

Der Schmerz hinter meiner Stirn explodierte. Ich spürte wieder, wie sich etwas in meinem Gehirn regte, aber es waren keine Gedanken oder Erinnerungen, sondern etwas durch und durch Plastisches, Mechanisches. Konnte ich etwa fühlen, wie dieser Tumor wuchs?

Vor meinem geistigen Auge flammte das Burgtor auf. Der Alptraum, in dem man mir den Zugang zur Burg verwehrt hatte – was hatte er zu bedeuten gehabt? War er wichtig gewesen? Brachte er mich vielleicht einen kleinen Schritt weiter voran?

»Komm mit mir, Miriam«, flüsterte ich leise, während ich aufs Neue zusehen musste, wie Ed vor meinen biologischen Augen ein weiteres Mal grausam sterben musste, wie meine Hand ihm die Kehle durchtrennte. Die Finger meiner Linken krümmten sich ein wenig, so, als könnte ich Miriams schlanke Finger umklammern. »Komm mit mir«, bat ich.

Unserer beider Schatten sah'n wie einer aus ...

Erschrocken bäumte ich mich in den Lederfesseln auf. Das Lied! Ich hatte es gehört, ganz sicher. Misstrauisch lauschte ich, aber in dem kleinen Krankenzimmer war es, abgesehen von dem leisen

Summen der medizinischen Geräte, totenstill. Woher war dieses Lied gekommen?

Es hatte ein wenig verzerrt geklungen, so, als würde man es über einen Hof oder in einem weiten Raum hören. Ich wünschte mir, die Augen schließen zu können, um mich besser konzentrieren und besser lauschen zu können, aber dieser Wunsch blieb selbstredend ein vergeblicher.

Auf dem Fernsehmonitor wand sich Carl auf dem Küchenboden. Schnitt. Und wieder die Szene mit dem Mord an Doktor Schmidt ...

Noch zehn Minuten zu leben, rechnete ich mir verzweifelt aus. Zehn Minuten! Ich musste es schaffen. Ich wusste selbst nicht genau, was ich mir davon erwartete, aber ich begann leise Lili Marleen zu summen.

»Aus dem stillen Raume, aus der Erde Grund, hebt sich wie im Traume dein verliebter Mund ...«, flüsterte ich.

Und dann war sie plötzlich da! Miriam! Sie stand unter dem Torbogen, streckte mir ihre Hand entgegen und war wunderhübsch wie eh und je. Stieren Auges sah ich den Arzt sterben, zugleich aber befand ich mich am Tor der Burg. Ob ich den letzten Rest von Verstand verlor? Oder hatte mein Sterben bereits eingesetzt? Hatte Sänger nicht behauptet, dass ich zunächst Stiche in meinem Herzen spüren müsste? Ich sah Miriam ebenso deutlich vor mir wie das Fernsehbild. Ich fühlte ihre kühle, weiche Haut, als sich ihre Hand um die meine schloss.

»Auf der anderen Seite wartet jemand auf dich.«

Die Stimme des Mädchens klang fest und so real

wie das Summen der Maschinen, das ich noch immer vernahm. Während ein Teil meines Körpers nach wie vor an die Liege gefesselt war, schien sich ein anderer, nicht weniger realer, von mir zu lösen; es war, als gäbe es mich auf einmal zweimal! Seite an Seite traten Miriam und ich in das Dunkel unter dem hohen Torbogen. Einen Herzschlag lang hüllte uns absolute Finsternis ein, aber dann erschien vor uns ein lichtdurchfluteter Burghof. Auf der anderen Seite des Tores stand ein Junge von vielleicht zwölf oder dreizehn Jahren, der abgeschnittene Jeans und ein verwaschenes T-Shirt mit dem AC/DC-Logo trug. Der Junge von den Fotos in der Burg. Er hatte die Arme vor der Brust verschränkt und zog ein durchaus mürrisches Gesicht.

Der Junge war ich.

»Ich will mit dem Kerl nichts zu tun haben«, blaffte das Kind, das ich war, und schüttelte den Kopf. »Er hat sich einen Dreck darum geschert, was man dir hier angetan hat. Er hat dich vergessen. Er hat einfach so weitergelebt, als sei nichts geschehen.«

»Er konnte nicht anders«, versuchte Miriam ihn zu beschwichtigen. »Man hat ihn uns gestohlen. Da war ein Arzt, nicht wahr? So ein Seelendoktor. Er hat eine hohe Mauer um die Erinnerung an dich gezogen. Komm, reich Frank die Hand. Ihr müsst euch wieder vertragen.«

Der Knabe schnitt eine Grimasse. »Der kann lange darauf warten, dass ich etwas für ihn tue. Der ist einfach davongelaufen, dieser Feigling. Er hat doch zugelassen, dass dieser Seelenklempner die Mauer errichten konnte.«

Miriam zuckte entschuldigend mit den Schultern. »Manchmal ist er so störrisch«, sagte sie. »Fast wie ein Kind …«

»Ich bin kein Kind!«, maulte der Teenager.

Ich wusste nicht, was ich tun sollte. Ich war im Schatten des Torbogens zurückgeblieben – das alles geschah nur in meiner Vorstellung, und sei sie noch so lebendig. Das hier war nicht real. Außerdem war ich auf einmal gar nicht mehr so sicher, ob ich diesen Teil meiner Erinnerungen wirklich zurückhaben wollte. Dieser verstockte Zwölfjährige, dem ich mich auf einmal gegenübersah, war ein grausamer Killer! Er hatte die Morde begangen, weil er niemals verwunden hatte, was damals geschehen war. Fast zwei Jahrzehnte lang hatte er auf seine Rache gewartet, ohne zu altern.

»Wenn du ihn nicht akzeptierst, dann wirst du ihn niemals beherrschen können«, ermahnte mich Miriam. Sie flüsterte, so als hätte sie Angst, dass der Junge, der auch ich war, verstehen könnte, was sie sagte.

»Das ist absurd!«, rief ich laut aus. »Ich … ich werde verrückt!«

Meine Worte vertrieben den Burghof mit dem Knaben. Mein inneres Auge hatte sich wieder geschlossen, und einmal mehr lag ich auf der Liege in dem kleinen Raum. Ich war erlöst von den Wahnvorstellungen, in die ich mich nach Kräften hineinmanövriert hatte, und fand blinzelnd in die Wirklichkeit zurück.

Blinzelnd?!

»Frank! Komm zu dir!«, hörte ich eine Stimme rufen. Ich riss die Augen auf. Neben meiner Bahre stand Ellen. »Schnell«, drängte sie. »Wir müssen hier fort. Ich helfe dir, dich aufzurichten.«

Was war denn nun los? War ich etwa schon tot? Erschrocken blickte ich zu dem Fernseher auf, in dem ich in dieser Sekunde erneut in die Küche schlich. Noch blieb mir also ein wenig Zeit.

»Frank!«, zischte die Stimme. »Verdammt, hilf mir doch. Ich kann dich nicht aufrichten. Ich habe das Gefühl, mir reißt der Bauch auf, wenn ich versuche, dich zu heben.«

Verwundert drehte ich den Kopf. Die Lidklemmen waren entfernt worden, und auch die breiten Lederriemen waren gelöst. Auf einem kleinen Rolltisch neben meiner Bahre lag die Todesspritze. Ellen stand an meiner Seite und stützte sich mit einer Hand an der Bahre ab, während sie die andere auf ihren Unterbauch presste. Ihre Haut war kreidebleich, und dicke Schweißperlen blitzten auf ihrer Stirn. Sie schien unter starken Schmerzen zu leiden.

»Was machst du hier?«, fragte ich matt. Ich fühlte mich unglaublich schwach – immerhin hatte man mein Blut in den vergangenen Stunden regelrecht verwässert mit Betäubungs- und Beruhigungsmitteln.

»Dich hier herausholen, du Idiot!«, schnappte Ellen und zog eine Grimasse. Anscheinend verursachte schon lauteres Sprechen zusätzliche Schmerzen in ihrem Bauch.

Ich musterte sie misstrauisch. Ob ich ihr wohl trauen konnte? Sicher – sie hatte mich von den ledernen Fesseln befreit, und auch von den Nadeln und Elektroden, wie ich in diesem Augenblick dankbar feststellte. Aber auch das konnte Teil eines neuen, verrückten Planes von Professor Sänger sein. Vielleicht hatte er mich überhaupt nicht töten wollen, sondern nur ein weiteres Experiment an mir durchgeführt, in dem er feststellen wollte, wie ich mich in Todesangst verhielt? Dieser Nazi-Professor herrschte in dieser Klinik wie der Kaiser über das Kolosseum in Rom, und Ellen war möglicherweise nur ein neuer Gladiator, den er in die Arena gegen ein unberechenbares Ungeheuer schickte, um sich an dem Zweikampf zu ergötzen.

»Warum holst du mich?«, fragte ich misstrauisch und spähte zu dem Belüftungsschacht hinüber, von dem ich mittlerweile wusste, dass sich hinter dem Gitter, das ihn verschloss, ein Kameraauge verbarg. Selbst wenn Ellen nicht im Auftrag des Professors hier war, konnte ich mir die Mühe, mich aufzurappeln, wahrscheinlich sparen, denn es würde nicht lange dauern, bis irgendwelches Personal der Klinik auftauchte, um Ellen zu holen und mich wieder an die Bahre zu tackern. Mein Blick wanderte zu der Giftspritze auf dem Nachttisch.

Ellen hat geholfen, Miriam zu töten, meldete sich eine Stimme aus meinem Unterbewusstsein, aber es war eine, die mir bislang fremd gewesen war, eine, deren Klang ich bisher noch nicht vernommen hatte, obgleich sie mir unendlich vertraut schien. Die Stimme meiner verloren geglaubten Erinnerungen, die Stimme des Kindes in mir, das ich auf Burg Crailsfelden zurückgelassen hatte! Überlass sie mir, versprach die Stimme, und ich bringe dich hier heraus.

»Komm schon!« Ellen griff nach meiner Hand.

Das Bild auf dem Fernsehmonitor erlosch flackernd. Das musste der Augenblick sein, in dem ich hätte sterben sollen. Ein eisiger Schauer rann meinen Rücken hinab, als ich den Injektor leise summen hörte. Dort, wo vor wenigen Minuten noch die Spritze gesessen hatte, schob sich ein Kolben vor.

Ellen war gekommen, um mich zu retten – einen überzeugenderen Vertrauensbeweis hätte sie mir nicht liefern können. Ich schuldete ihr mein Leben. Ich musste sie beschützen vor diesem von Rache besessenen Teenager, der in mir lauerte, aber dazu durfte ich nicht mit ihr zusammenbleiben. Jeden Augenblick konnte dieser fremde Teil meines Ichs wieder die Kontrolle über mein Tun übernehmen. Es durfte keine weiteren Morde mehr geben! Ich wollte niemandem etwas zuleide tun – das hatte ich nie gewollt!

»Lauf fort von mir«, sagte ich leise. »Ich bin der Mörder.«

Ellen maß mich mit einem verständnislosen Blick aus ihren stechend blauen Augen. Ihr Haar war offen und vollkommen zerzaust, und sie trug ein schlichtes weißes Nachthemd und ging barfuß, ganz so, als hätte sie sich gerade aus einem Krankenbett erhoben. Die junge Chirurgin stemmte beide Hände in die Hüften. Der Schmerz ließ sie in gekrümmter Haltung dastehen.

»Wir müssen Sänger aufhalten«, presste sie mit deutlicher Mühe hervor. »Es kann jeden Augenblick zu spät sein.«

»Sie lügt«, erklang eine mir wohl bekannte

Stimme vom Eingang her, und allein ihr Klang ließ eine kurze, aber heftige Welle der Wärme und des Wohlseins über mein Herz schwappen. Judith stand im Türrahmen. Auch sie trug nichts als ein Nachthemd, und auch ihr Haar war zerzaust. Ihr Atem ging schnell. Sie wirkte gehetzt. »Sie ist Teil des Experiments«, behauptete Judith.

Mein Blick wanderte wieder zu der Spritze. Ellen hatte mir das Leben gerettet.

»Sie ist eine fanatische Anhängerin von Sänger und seinen Ideen«, fuhr Judith fort. »Hat man dir die Bilder nicht gezeigt, wie sie sich freiwillig ihren Bauch aufgeschnitten hat? Wie verrückt muss man sein, um so etwas zu tun?«

»Sie lügt!«, keuchte Ellen mit schmerzverzerrtem Gesicht. »Sie haben mich dazu gezwungen! Sie wollten meine Eierstöcke, was mit mir wurde, war ihnen egal. Ich bin nur mehr ein Stück Fleisch für Sänger. Meine Zeit ist um. Ich habe einen Hirntumor, genau wie alle anderen. Nur mein Erbgut interessiert ihn noch, genau wie bei dir. Als sie dich operiert haben, haben sie auch einen deiner Hoden entfernt, Frank.«

Das ist vollkommen absurd, dachte ich und kämpfte gegen den Drang an, instinktiv nach meinen Genitalien zu greifen. Was Ellen da erzählte, konnte überhaupt nicht stimmen; schließlich hatte ich zumindest unterhalb der Gürtellinie keinerlei Schmerzen verspürt, und auch nun, da ich mich darauf konzentrierte, war da nichts Auffälliges. Allerdings spürte ich auch die Schusswunde an meiner Schulter kaum. Der Drogencocktail, den man mir verabreicht hatte, wirkte so gut, dass ich mich fast daran hätte gewöhnen können, wäre seine schmerzeindämmende Wirkung nicht mit solcher Müdigkeit und Trägheit verbunden gewesen.

Unentschlossen wanderte mein Blick zwischen den beiden Frauen hin und her. Judith hatte immer auf meiner Seite gestanden. Sie hatte mich geliebt ... Ihre Küsse, ihre Berührungen, unser euphorisches Liebesspiel im Duschraum, bei dem unsere Hormone stärker gewirkt hatten als Ectasy – das konnte niemals alles Lüge gewesen sein.

Ich hatte meine Entscheidung getroffen und wandte mich Judith zu. »Was sollen wir tun?«

»Unter dem Komplex gibt es eine Tiefgarage«, antwortete Judith gehetzt. »Ich habe die Pfleger davon reden hören. Vermutlich hat man sie gebaut, damit man von außen nicht beurteilen kann, wie viele Leute sich in der falschen Software-Firma aufhalten, als welche man den oberirdischen Teil der modernen Ausbauten getarnt hat. Wenn wir uns bis dahin durchschlagen könnten, dann wären wir gerettet.« Judith hatte den Raum gänzlich betreten und trat langsam auf meine Liege zu, wobei sie Ellen keine Sekunde aus den Augen verlor. »Diese falsche Schlange müssen wir unschädlich machen«, entschied sie mit einem Nicken in dic Richtung der Rothaarigen. »Sie wird alles tun, um unsere Flucht zu verhindern.«

»Bitte, Frank, glaub ihr nicht.« Blanke, ehrliche Angst stand in den Blick der jungen Ärztin geschrieben. Langsam wich sie vor Judith zurück. Ich sah, wie ihre Knie zitterten. »Sänger hat sie geschickt«, sagte sie in regelrecht flehendem Tonfall. »Sie ist seine Vertraute!«

Judith lachte böse. »Glaubst du, Frank lässt sich so leicht täuschen?«, fragte sie verächtlich. »Die ganze Nacht hast du wie eine Spinne in deinem Netz gehockt und zugesehen, wie wir uns mehr und mehr in deinen Fäden verfangen. Was glaubst du, warum sie noch am Leben ist?«, fragte sie an mich gewandt, trat dicht an meine Liege heran und streckte mir die Hand entgegen. »Komm, uns läuft die Zeit davon.«

Ein stechender Schmerz fuhr mir durch den Kopf. Er war wieder da, der Knabe, den ich wieder gefunden hatte, der Killer, der jeden Moment die Kontrolle über mich an sich reißen konnte.

»Hatte Judith eine Narbe auf dem Bauch?«, fragte Ellen verzweifelt. »Bitte denk nach, Frank. Hatte sie eine Narbe? Als sie ihren Pakt mit Sänger geschlossen hat, hat man sie bestimmt operiert!«

Meine Augen begannen vor Schmerz zu tränen. Eine Narbe? Ja, da war etwas gewesen. Ich erinnerte mich daran, dass ich sie danach hatte fragen wollen. Aber das konnte auch eine Blinddarmnarbe oder sonst was gewesen sein…

Mit einer hastigen Bewegung griff Judith nach der Spritze auf dem Nachttisch. Einen Augenblick lang hielt sie sie wie einen Dolch umklammert, dann schnellte sie vor wie eine Viper und versuchte sie mir in den Arm zu rammen. Mein Herz machte einen erschrockenen Satz. Eher im Reflex als bewusst packte ich ihr Handgelenk und bremste ihren Angriff auf diese Weise, aber Judith war stärker, als ich erwartet hatte. Verdammt, was war bloß in sie gefahren? Ellen hat die Wahrheit gesagt, begriff ich. Judith hatte sich in die Defensive gedrängt gefühlt. Vor lauter Angst, dass ich der Ärztin Glauben schenken könnte, hatte sie sich selbst verraten. Einen Moment lang konnte ich ihren Arm halten, dann aber näherte sich die Hand mit der Spritze langsam meiner Brust. Durch die Verletzung in der Schulter und den Narkose-Cocktail geschwächt, konnte ich kaum Widerstand leisten; ich war schwächer als ein Mädchen, verdammt noch mal!

Ich hatte keine Wahl. Ich brauchte seine Hilfe.

»Komm«, murmelte ich, und der Schmerz in meiner Schulter verebbte augenblicklich. Ich fühlte mich seltsam entrückt. Und dann spürte ich, was Judith dachte. Dumpfe Wut beherrschte ihre Gedanken. Sie war Klaus Sänger vollkommen ergeben, nur ihm würde sie gehorchen. Gleichzeitig überflutete mich eine Welle neuer Reize in bislang ungekannter, fast schmerzhafter Intensität. Ich hatte den Eindruck, schärfer zu sehen, und auf einmal nahm ich alle Gerüche um mich herum um ein Vielfaches intensiver wahr. Etwas Ähnliches hatte ich vor Jahren schon einmal erlebt, als ich Hasch geraucht hatte. Erst hatte ich geglaubt, die Droge würde bei mir überhaupt nicht wirken. Kein abgefahrener Film spulte sich vor meinen Augen ab. Es hatte eine Weile gedauert, bis ich gemerkt hatte, dass sich mein Geruchssinn verändert hatte. Ich hatte ein Käsebrot riechen können, das mehr als fünf Meter entfernt im Nachbarraum hinter einer verschlossenen Tür lag (und ich hatte schrecklichen Heißhunger darauf verspürt …).

All diese Gedanken und noch einige mehr schossen mir in Bruchteilen von Sekunden durch den Kopf, während ich mit Judith rang. Ich musste sie aufhalten!

Als seien meine Gedanken ein Befehl gewesen, verharrte sie plötzlich und gab ihre Anstrengungen, mich niederzuringen, von einem Augenblick auf den andern auf. Abrupt richtete sie sich auf, legte die Spritze auf den Nachttisch zurück und lächelte.

Sie hält dich jetzt für Sänger, wisperte die zunehmend vertraute Stimme in meinen Gedanken.

»Wie hast du das gemacht?«, fragte ich leise, aber nicht flüsternd.

Ich kann es nicht richtig erklären, antwortete die Stimme des Kindes in mir. Ich weiß, wie man es tut. Vielleicht ist es so etwas wie Hypnose. Vertrau mir. Ich passe auf uns auf.

»Warum hast du sie nicht ermordet?«, fragte ich.

Weil du es nicht möchtest, erklärte die Stimme ernst. Du hast das Tor durchschritten, als du mich gerufen hast. Wir sind wieder eins. Ich kann nichts tun, was du nicht möchtest. Lass uns nun Sänger suchen und die Sache beenden.

»Aber die ganzen Pfleger?«, wandte ich ein. »Wir können doch unmöglich –«

Doch, unterbrach mich die Stimme. Wir können. Wir sind das, was Sänger erschaffen wollte. Eine Waffe, wie es sie nie zuvor gegeben hat. Eine neue Art Mensch.

»Mit wem sprichst du da?«, fragte Ellen verstört. »Und was ist mit Judith los?«

»Sie hält mich für Professor Sänger«, antwortete ich.

Ellen bedachte mich mit einem zynischen Lächeln. »Schlechter Scherz«, stellte sie fest.

Offenbar wusste die junge Ärztin nur in Ansätzen, was die Hintergründe für die Ereignisse dieser Nacht waren – wahrscheinlich war auch sie in Behandlung dieses Doktor Gobler gewesen, der Erinnerungen stahl. Was hatte dieser Arzt uns als Kindern bloß angetan, dass wir die Ereignisse auf der Burg so vollständig verdrängt hatten?

Aber vielleicht wäre es wirklich das Beste gewesen, wenn unsere Erinnerungen hinter einer hohen Mauer versteckt geblieben wären, hätte Sänger uns nicht hierher zurückbestellt. Vielleicht war Gobler nicht wirklich ein schlechter Mensch gewesen.

»Judith wird uns nicht mehr gefährlich werden«, sagte ich mit aller Entschiedenheit, doch das genügte offensichtlich nicht, um die junge Ärztin zu überzeugen.

»Du wirst nicht von mir erwarten, dass ich ihr vertraue, oder? Sie ist …«

Judiths Kopf explodierte in einer Masse aus Blut, Hirn und Knochensplittern. Etwas Feuchtes klatschte in mein Gesicht. Im Reflex ließ ich mich auf den Boden fallen und riss Ellen mit mir.

Der Donner des Schusses, der Judith getroffen hatte, hallte im Zimmer wider. Einen Moment lang stand ihr Körper noch aufrecht. Ihre Hände griffen ins Leere, als wollte sie sich irgendwo festhalten, und eine Fontäne aus Blut schoss aus ihrem Hals und tränkte das Kissen auf dem über einen Meter von ihr entfernt stehenden Bett dunkelrot. Dann kippte sie ganz langsam, wie in Zeitlupe, vornüber auf die Rollbahre.

Von der Zimmertür her erklang ein metallisches Ratschen, das unangenehm an meinen Trommelfellen schabte. Es war ein Geräusch, das ich aus einschlägigen Horrorfilmen kannte: das Nachladen einer Schrotflinte. Am Eingang flüsterte jemand etwas.

Eine Welle von Zorn übermannte mich. Judiths Verrat war vergessen. Was blieb, war die Erinnerung an ihre Liebe, an all die einmaligen zärtlichen Augenblicke, die wir miteinander geteilt hatten, an ihren Geruch und ihr wunderbares weiches Haar. Möglicherweise hatte sie unter Sängers Einfluss gestanden, und letzten Endes hatte sie sich in der Vertrauensfrage für den Professor und gegen mich entschieden. Seine verlockenden Worte hatten ihre Seele vergiftet, so wie es mit einem jeden geschah, der dem alten Wissenschaftler begegnete. Ihr Charakter war nicht stark genug gewesen, aber sie hatte mich geliebt.

Warum hatte man auf sie geschossen? Hatte sie unsere Liebe nicht verraten und damit unter Beweis gestellt, dass sie nach wie vor zu Sängers Leuten gehörte? Hatte es nicht genügt, dass sie mich für ihn und seine Sache getötet hätte?

Sie hatten befürchtet, dass sie unter meinem Einfluss stand, allein weil sie in meiner unmittelbaren Nähe gestanden hatte. Sie hatten davon ausgehen müssen, dass ich ihren Willen gebrochen hatte und in der Lage gewesen wäre, sie als Waffe einzusetzen. Trotzdem hasste ich diese Männer für das, was sie getan hatten. Sie hatten mir Judith genommen! Judith, mein geliebtes kleines Pummelchen, die erste Frau, die mir begegnet war, die mein Leben von Grund auf hätte ändern und in gänzlich neue Bahnen lenken können. Der Schmerz war kaum zu ertragen.

Ich schob Ellen weiter unter die Bahre, so dass man sie von der Tür aus nicht mehr treffen konnte. Sollten Sängers Killer nur hereinkommen! Ich konnte deutlich spüren, wer hinter der weißen Tür stand. Alle meine Sinne schienen unglaublich geschärft zu sein, seit ich wieder eins geworden war mit meiner Kinderseele. Ich verstand deutlich, was vor der Tür getuschelt wurde. Zwei Männer standen dort, die sich noch nicht einig waren, wer als Erster ins Krankenzimmer stürmen sollte. Ich konnte sie sogar deutlich riechen. Angstschweiß mit streng riechender Seife und einer Spur Zwiebeln aus dem Essen vom Vortag … Was war nur geschehen in meinem Kopf? Mutierte mein Gehirn? Waren all meine Spinnereien über einen Alien in mir vielleicht gar nicht so abwegig gewesen, wie ich immer gedacht hatte? Sänger hatte sich vorgenommen, eine neue Sorte Mensch zu züchten. Wenn seine Versuche an mir geglückt waren, dann war ich nun kein Mensch mehr.

Vor der Tür war eine Entscheidung gefallen. Es waren die beiden massigen Pfleger, dic meinen ersten Fluchtversuch beendet hatten, die dort draußen standen. Ich erkannte sie an ihren Stimmen und dem Geruch ihres Schweißes, vermischt mit dem von Latex, Wäschestärke und Seife. Nur waren sie dieses Mal nicht mit Elektroschockern bewaffnet. Alles überlagernd beherrschte der scharfe Geruch von Pulver und Blut den Raum, aber ich roch auch Metall und Waffenfett.

Meine ohnmächtige Wut sprengte alle Fesseln. Einer der hünenhaften Pfleger trat durch die Tür. Die Schrotflinte im Anschlag, bewegte er sich ruckartig, um nicht von einem verborgenen Gegner überrascht zu werden. Judiths Blut triefte wie ein roter Vorhang von der Bahre herab.

Gott, wie viel Blut konnte in einem Menschen sein!

Plötzlich wurde mir bewusst, dass ich die Gedanken des Pflegers spürte. An allem, was der Mann dachte, nahm ich teil.

Er ist hinter dir! Schnell!

Diesen Gedanken hatte ich geformt. Nein, es war der verletzte Junge in mir gewesen, der seine Wut über Judiths Tod nicht beherrschen konnte. Ich …

Der Pfleger fuhr ruckartig herum. Für ihn war sein Kollege jetzt ich, obwohl äußerlich nicht die geringste Ähnlichkeit zwischen uns bestand. Alles geschah ausschließlich im Kopf. Was auch immer die Augen des Pflegers sahen – die Bilder wurden im Gehirn verarbeitet, und genau dort saß ich und lauerte wie eine bösartige Spinne inmitten des Netzes von Gedanken, um sie mit geschickten Armen zu manipulieren. Mit jedem Herzschlag wurde mir sein fremder Verstand vertrauter. Mein Eingriff war ein minimaler. Nicht ich gab den Befehl, den Finger am Abzug zu krümmen; alles, was ich tat, war, den Pfleger glauben zu lassen, dass nicht sein Kollege hinter ihm stand, sondern jenes Ungeheuer, welches zu töten man ihn geschickt hatte.

Der Schuss hallte von den Wänden wider. Mit

einem dumpfen Geräusch fiel etwas Schweres zu Boden. Ich roch Blut. Nicht das von Judith, sondern Feindesblut!

Etwas in mir wollte aufschreien vor Freude. Etwas Wildes, das ich noch nicht zu beherrschen gelernt hatte. Was auch immer dieses Fremde war, mit dem ich meinen Verstand nun teilte, fand Gefallen am Töten – oder zumindest daran, Rache zu nehmen.

Ich kroch unter dem Bett hervor. Wenn ich mich irrte, war ich im nächsten Augenblick tot.

»Kommen Sie, Professor. Ich bringe Sie heraus.« Der Pfleger sprach stockend. Blutspritzer hatten sein Gesicht in eine dämonische Maske verwandelt. Der Leichnam seines Kollegen war grässlich entstellt, der Schrotschuss aus nächster Nähe hatte ihm regelrecht den Leib zerfetzt.

»Es ist gut, dass dieses Ungeheuer endlich erledigt ist«, sagte der Pfleger, während er auf mich zutrat. »Der war doch kein Mensch mehr.« Die Stimme des Mannes wurde immer leiser, während er sprach, so als hätte er Angst, das angebliche Ungeheuer zu neuem Leben zu erwecken, wenn er es laut beim Namen nannte. »Ich habe gehört, was die Ärzte über die letzten Bilder gesagt haben. So etwas darf nicht leben ... Das ist ...« Der Pfleger suchte einen Moment lang nach den richtigen Worten, gab dann aber auf und zuckte nur mit den Schultern.

Ich hatte ein Gefühl, als öffnete sich eine große stachelige Faust in meinem Magen. Was für Bilder meinte der Kerl? Wovon zum Teufel sprach der Fleischberg? Was war es, was die Ärzte zuletzt noch so hatte beunruhigen können, nachdem sie alle wahrscheinlich live und in Farbe dabei gewesen waren, als ich drei Menschen in der Burg ermordet hatte? Ich versuchte, mich auf die Gedanken des Pflegers zu konzentrieren, aber es war, als blickte ich auf eine riesige Wand aus Fernsehmonitoren, bei der jeder Bildschirm ein anderes Programm zeigte. Ich erhaschte einen Blick auf eine zarte dunkelhaarige Frau und zwei kleine Kinder, Bilder einer Landstraße glitten an mir vorüber. Ein Ausflug in die Stadt … Wie sollte ich mich in diesem Chaos bloß zurechtfinden?

Aber ich traute mich nicht, den Mann nach diesen Bildern zu fragen. Ich wollte nicht riskieren, das Trugbild dadurch zu zerstören, dass ich nach etwas fragte, was der Professor, für den er mich hielt, auf jeden Fall hätte wissen müssen. Wenn ich nur besser wüsste, wozu ich in der Lage war und wozu nicht! Wie weit konnte ich einen Menschen beherrschen?

»Kümmern Sie sich bitte um Frau Doktor Bergmann.« Ich nickte in Ellens Richtung. »Die Operationsnarbe macht ihr zu schaffen. Sie hat Schwierigkeiten, aus eigener Kraft zu gehen.«

»Glauben Sie, man kann ihr trauen?«, flüsterte der Pfleger und blickte argwöhnisch durch das Zimmer. »Sie ist doch auch eine von … von denen.«

»Bei ihr besteht keine Gefahr«, entgegnete ich ruhig, um dem Mann die Angst zu nehmen. »Die Veränderungen sind bei Frau Doktor Bergmann nicht so weit fortgeschritten wie bei Gorresberg.«

Während ich sprach, forschte ein Teil meines

Bewusstseins noch immer in den Gedanken des Pflegers. Diese verdammte Begabung war einen feuchten Dreck wert! Gerade in diesem Moment erhaschte ich eine Erinnerung, wie der Kerl seine Pflegerprüfung bestanden hatte, weil er bei seinem Nachbarn abgeschrieben hatte. Es war, als suchte ich nach der berühmten Nadel im Heuhaufen.

Ellen kroch rückwärts in die hinterste Ecke des Zimmers, als der Pfleger sich ihr näherte. Offenbar rechnete sie fest damit, dass nun auch sie ermordet werden würde. Wie sollte sie schließlich auch begreifen, was hier geschah? Gewiss hatte Professor Sänger sie nicht wie Judith in seine Pläne eingeweiht.

Der Gedanke an Judith löste eine neuerliche Welle ohnmächtigen Zornes in mir aus. War vielleicht doch alles nur gespielt gewesen? Hatte sie vielleicht in Wirklichkeit nichts, aber auch gar nichts für mich empfunden? Aber warum hätte sie das denn tun sollen?

Der Hüne packte Ellen unter den Schultern und zog sie in die Höhe. Die Ärztin war zu schwach, um sich gegen ihn zu wehren. In ihr Schicksal ergeben, fügte sie sich. Ich sah mühsam zurückgehaltene Tränen der Angst in ihren Augen aufblitzen und wünschte mir, irgendetwas sagen zu können, um sie zu beruhigen. Vielleicht konnte ich es ihr durch ihre Gedanken mitteilen …

Nein, das war Unsinn. Ich konnte Gedanken manipulieren, aber ich konnte nicht durch den Kopf eines anderen Menschen sprechen. Außerdem konnte ich es mir überhaupt nicht leisten, meine Konzentration auf den Pfleger aufzugeben oder auch nur einzuschränken. Wenn der Kerl nur einen Augenblick lang wieder Herr seiner Gedanken wurde und nicht mehr glaubte, Professor Sänger vor sich zu sehen, waren wir beide wahrscheinlich sofort tot.

Meine Beine begannen zu zittern, so dass ich mich einen Moment an der Wand anlehnen musste. Wenn ich doch nur wüsste, wie dieser verdammte Kerl hieß! Aber im Gegensatz zu den Ärzten trugen die Pfleger und Schwestern hier keine Namensschildchen auf der Brust. Sprach Sänger seine Leute mit Namen an, oder waren ihm unbedeutende kleine Lichter wie dieser Fleischberg vollkommen gleich? Nein. Bei dem, was in dieser Klinik geschah, musste das Personal handverlesen sein. Jeder Einzelne musste von der Sache überzeugt sein. Das Risiko, dass irgendjemand, der plauderte, alles verdarb, war viel zu groß, obwohl wahrscheinlich nur eine Hand voll Leute überhaupt wusste, woran hier konkret geforscht wurde, und Zugang zu den Laboren hatte, die unmittelbar unter der Burg lagen.

»Ist Ihnen nicht gut, Herr Professor?« Der Mann klang nicht wie ein Speichellecker, sondern aufrichtig besorgt.

Ich winkte ab. »Alles in Ordnung«, log ich. »Es ist das Alter, wissen Sie. Diese Nacht, das war alles ein bisschen viel …« Und angeschossen zu werden und mit Drogen voll gepumpt zu werden vor allen Dingen, fügte ich in Gedanken hinzu. »Seien Sie doch so gut und bringen Sie Doktor Bergmann und mich in mein Büro. Ich habe dort ein paar Dinge mit ihr zu besprechen. Ich habe den Eindruck, dass sie nicht versteht, was um sie herum passiert.«

Der Hüne lächelte herablassend, während Ellen mich mit weit aufgerissenen Augen anstarrte. Zum Glück hatte sie sich wenigstens weit genug unter Kontrolle, um jetzt nicht alles mit dummen Fragen zu verderben.

»Soll ich einen Rollstuhl holen?«, fragte der Pfleger.

»Nein, nein«, winkte ich entschieden ab. »Es ist schon gut. Das war nur ein kleiner Schwächeanfall. Gehen Sie vor. Ich kann aus eigener Kraft gehen.« Die letzten Worte sprach ich mit einer gewissen Schärfe in den Silben aus, um deutlich zu machen, dass das Thema für mich endgültig erledigt war. Sänger war gewiss kein Mann, der lange mit seinen Untergebenen herumdiskutierte. Jedenfalls vermutete ich das.

Der Pfleger stellte keine weiteren Fragen mehr, sondern trug Ellen unter den Achseln gepackt eher auf den Ausgang zu, als dass er sie bloß stützte. Wir verließen den Raum, strebten die Richtung an, die ich auch bei meinem Fluchtversuch eingeschlagen hatte, und passierten den so genannten *Versorgungspunkt II*, den kleinen Raum, der als Chemikalien- und Pillendepot diente und der für mich als Sackgasse geendet hatte.

Der Gedanke traf mich plötzlich und mit der Wucht eines Hammerschlages: Was würden wir tun, wenn uns nun jemand anders auf dem Gang begegnete? Der ganze Schwindel würde sofort auffliegen! Wie viele Menschen konnte ich gleichzeitig manipulieren?

Ich musste es auf den Versuch ankommen lassen, denn ich hatte überhaupt keine andere Wahl. Wir mussten heraus aus dieser Anlage hier und irgendjemanden verständigen, damit dieser Wahnsinn hier ein Ende hatte. Aber an wen konnten wir uns wenden? Versuchten wir es auf der nächsten Polizeiwache, würden die Beamten Ellen und mich wahrscheinlich für verrückt erklären und ohne großes Federlesen in eine geschlossene Anstalt einweisen. Was heute Nacht hier geschehen war, war einfach viel zu verrückt, als dass wir auch nur die Hälfte davon hätten erzählen können, ohne für komplett durchgeknallt erklärt zu werden. Ein steinalter Professor, der noch immer seine Menschenversuche fortsetzte, mit denen er im Dritten Reich begonnen hatte, das war doch vollkommen wahnsinnig.

Abgesehen davon war es auch möglich, dass Professor Sänger dort draußen Helfer hatte, die sein Unternehmen deckten. Diese ganze Anlage war viel zu gewaltig, um jahrzehntelang keine Aufmerksamkeit zu erwecken. Er hatte selbst behauptet, dass er von einer Gruppe Leute unterstützt wurde – von einflussreichen Leuten! Wir sollten uns wirklich gut überlegen, an wen wir uns wenden sollten, wenn wir diese Geschichte überhaupt weitererzählten. Vielleicht hatten Sängers Leute schon längst damit begonnen, alle Spuren in der Burg zu beseitigen, die darauf hinwiesen, was dort in der Nacht geschehen war.

Ellen war die einzige Zeugin, die ich für diese wahnwitzige Geschichte aufzuweisen hatte. Ich beschloss, ihr Leben zu hüten wie mein eigenes.

Das Licht auf dem langen Flur flackerte kurz auf, dann verloschen schlagartig alle Lampen. Lediglich die Notbeleuchtung mit den kleinen grünen Lämpchen, die zum nächsten Fluchtweg hinwiesen, blieb noch an. Der Gang war nun in weite Strecken von Dunkelheit getaucht, die nur hin und wieder durch kleine grüne Lichtinseln unterbrochen wurden.

Der hünenhafte Pfleger wandte sich zu mir um. Ich konnte sein Gesicht nur undeutlich erkennen, aber aus der Stimme des Mannes klang deutlich seine Verwunderung, ja, sogar ein Anflug von Bestürzung. »Was ist das?«, fragte er.

»Ein Stromausfall«, antwortete ich barsch und hoffte, dass mein Tonfall jede weitere Frage im Keim erstickte.

»Aber ... wir haben doch eigene Aggregate«, entgegnete der Mann. »Wir sind unabhängig vom Netz und –«

»Ich werde mich darum kümmern!«, schnitt ich ihm das Wort ab. Mit eisigem Schrecken traf mich die Erkenntnis, worum es sich in Wirklichkeit handeln musste: die Kameras! Ich konnte vielleicht diesen Pfleger täuschen, nicht aber die Wächter, die an ihren Monitoren beobachtet haben mussten, was im Krankenzimmer geschehen war. Wie konnte ich nur so dämlich gewesen sein, erst jetzt daran zu denken!

Die Witterung des Pflegers hatte sich verändert. Deutlich konnte ich seine Unruhe riechen. Er sonderte mehr Schweiß ab, auch wenn er es nicht mehr wagte, den vermeintlichen Professor anzusprechen.

Ich stellte mir vor, wie andere Pfleger mit Nachtsichtgeräten durch die Gänge der Klinik pirschten. Wie viele Killer mochte Sänger unter seinem Kommando haben? Ob nicht sogar die Ärzte bereitwillig mitmachen würden, wenn es darum ging, die Geheimnisse der Klinik zu schützen? Außerdem wussten sie, mit wem sie es zu tun hatten und welche Gefahr von mir ausgehen konnte. Ich fragte mich, ob ich an ihrer Stelle zögern würde, dieses Ungeheuer aufzuhalten, das ich war, diesen neuen Menschen, der sich gerade seinen Weg nach draußen zu bahnen versuchte. Vermutlich nicht, schätzte ich. Nun konnte ich auch wahrnehmen, wie mein eigener Körpergeruch sich veränderte. Ob die beiden anderen es wohl ebenfalls bemerkten?

Unsinn, schalt ich mich in Gedanken. Ich war nun anders als sie. Ein normaler Mensch konnte all das überhaupt nicht wahrnehmen.

Mittlerweile konnte ich in der Dunkelheit ein wenig besser sehen. Meine Augen passten sich ungewöhnlich schnell an die veränderten Lichtverhältnisse an. Laut wie ein Donnerhall klang mein Herzschlag in meinen Ohren, begleitet vom Herzschlag der beiden anderen. Ich konnte das Blut in meinen Adern rauschen hören, außerdem ein gluckerndes Geräusch in den Gedärmen des Pflegers und ein wenig weiter vorne das leise Summen der Notbeleuchtung. All das waren Klänge, die ich mit normalen Sinnen niemals wahrgenommen hätte. Was auch immer geschehen mochte, wer auch immer mich überraschen wollte, der musste schon mehr draufhaben, als nur den Lichtschalter anzuknipsen. Beklemmt realisierte ich, dass ich mich ein bisschen auf die Auseinandersetzung freute, ja, einen Kampf regelrecht herbeisehnte. Ich schämte mich für dieses Gefühl.

Nach wenigen Metern machte der Flur einen scharfen Knick und endete schließlich vor einer doppelflügligen Tür. Sie besaß einen massiven Rahmen, und die kleinen Glasfenster, die in sie eingelassen waren, waren durch Drahtgeflechte verstärkt worden.

Der Hüne drückte auf einen breiten Schalter an der Wand, aber nichts geschah. Mit einem unwilligen Murmeln wiederholte er seine Bewegung, aber die Tür blieb verschlossen.

»Das verstehe ich nicht«, stammelte der Pfleger. »So etwas ist noch nie passiert.«

»Was ist daran ungewöhnlich, dass elektrische Türöffner bei einem Stromausfall nicht funktionieren?«, versetzte ich barsch. Insgeheim aber war allerdings auch ich davon überzeugt, dass man die Türen mit voller Absicht blockiert hatte.

»Der Professor hat völlig Recht«, setzte Ellen nun nach. »Es ist folgerichtig, wenn die Türen unter diesen Umständen nicht funktionieren.«

Mir polterte ein Stein vom Herzen. Offensichtlich hatte die Chirurgin begriffen, was hier vorging.

Der Hüne stieß mit dem Fuß gegen die Tür, aber nichts rührte sich. »Also doch verschlossen«, sagte er, und in seiner Stimme klang deutlich mehr als nur eine Spur von Triumph mit.

»Schießen Sie die Tür auf«, befahl ich.

»Was?« Der Pfleger wirkte völlig verdattert. »Ich kann doch nicht einfach –«

Entnervt entriss ich ihm das Gewehr und zog Ellen und ihn ein Stück weit von der Tür weg. Dann legte ich an und schoss auf das Schloss. Glas splitterte. Der schwere Schrot zerfetzte Metallbeschläge und Plastik. Ein Splitter schrammte durch mein Gesicht. Dort, wo gerade noch das Schloss gewesen war, klaffte nun ein ausgefranstes Loch in der Tür.

Der Rückschlag des Gewehrs hatte mich aus dem Gleichgewicht gebracht, so dass ich gegen die Wand taumelte und brennender Schmerz durch meine Schulter pochte, wo die Kugel aus Carls Waffe mich getroffen hatte. Einen kurzen Moment lang tanzten grelle Lichtpunkte vor meinen Augen, und der beißende Pulvergeruch nahm mir beinahe den Atem.

Trotzdem lud ich im Reflex nach. »Machen Sie die Tür auf«, keuchte ich.

Der Hüne versuchte erneut sein Glück, und dieses Mal ließ sich zumindest einer der Flügel aufschieben. Der andere war offensichtlich durch Metallstifte gesichert, die sich in Boden und Decke geschoben hatten.

Blinzelnd spähte ich in das Zwielicht hinter der Tür. Der Gang hatte dort eine andere Farbe: Die Wände waren in einem warmen Gelbton gestrichen, und hier gab es sie tatsächlich, die Kalenderbilder in den billigen Wechselrahmen, die ich auf den Fluren, die ich bislang gesehen hatte, nahezu vermisst hatte.

Ich rechnete damit, spätestens jetzt jede Sekunde auf Widerstand zu stoßen, denn der Schuss war vermutlich im ganzen Komplex zu hören gewesen.

Selbst wenn es tatsächlich einen Stromausfall gegeben hatte und deshalb die Überwachungskameras nicht mehr funktionierten, würde jetzt jeder wissen, wo wir waren.

Sekunden verstrichen wie Äonen. Nichts war zu hören. Der Gang vor uns war wie ausgestorben.

»Da stimmt etwas nicht«, flüsterte der Pfleger.

Warum muss ich eigentlich immer von solchen Intelligenzbestien umgeben sein, dachte ich bei mir. Erst Carl, und jetzt diese Blende. »Vorwärts«, befahl ich und trat entschlossen durch die Tür.

Wir gingen den Gang hinab und passierten zwei Aufzüge. Auf den polierten Stahlplatten der Schalttafeln spiegelte sich das grüne Licht der Notbeleuchtung wider. Wo auch immer wir hier gelandet waren – von hier aus ging es nur noch nach oben.

TG stand auf einem der Schalter. Ich drückte darauf, aber nichts geschah. Aber es gab eine Stahltür unmittelbar neben den Aufzügen, die vermutlich zum Treppenhaus führte. Ich wollte darauf zusteuern, lehnte mich stattdessen aber einen weiteren Augenblick an die Wand, um kurz zu verschnaufen. Meine Kräfte ließen immer stärker nach. Der Zorn und die Angst, oder was auch immer meine letzten Kraftreserven mit einem heftigen Adrenalinstoß mobilisiert hatte, ließen nach, und am liebsten hätte ich mich auf der Stelle auf die Marmorfliesen sinken lassen, um zu schlafen.

Ich spürte die verstohlenen Blicke des Pflegers auf mir ruhen. Ob er etwas bemerkt hatte? Den Mann zu manipulieren zehrte an meinen ohnehin äußerst spärlichen Kräften.

Dann erschieß ihn doch, meldete sich die jähzornige Kinderstimme in meinem Bewusstsein.

Tatsächlich krampften meine Hände sich um das Gewehr, doch ich zwang meinen Zeigefinger zur Distanz zum Abzug. Diese Stimme durfte nie mehr die Oberhand gewinnen! Ich war kein verdammter Mörder!

»Vorwärts«, sagte ich matt. »Ich ... Ich muss meine Tabletten nehmen ... In meinem Schreibtisch ...«

Wer so alt war wie Sänger, so hoffte ich, der musste bestimmt irgendwelche Tabletten nehmen: Zink, Eisen, Vitamin B und etwas gegen Blasenschwäche vielleicht. Mit dieser Lüge konnte ich nicht viel falsch machen.

»Ich sollte wirklich einen Rollstuhl holen, Herr Professor. Sie sehen gar nicht gut aus.« Der hünenhafte Pfleger blickte sich um. »Warum kommt denn niemand, verdammt. Sie müssen uns doch gehört haben. Ich werde –«

»Nein, ich schaffe das schon!« Ich durfte nicht zulassen, dass der Kerl sich absetzte. Ich hatte nicht die geringste Ahnung, wie weit die Kraft reichte, mit der ich ihn beeinflusste. »Es geht schon wieder«, behauptete ich und stieß mich stöhnend von der Wand ab.

Ellen blickte mich fragend an, hütete sich aber, den Mund aufzumachen. In dem grünen Schein der Notbeleuchtung sah ihr Gesicht noch bleicher aus. Tiefe dunkle Ringe lagen unter ihren Augen, und ihr Nachthemd war nass vor Schweiß.

Zwei Krüppel auf der Flucht vor einer ganzen Armee aus Ärzten und Pflegern, dachte ich. Bei einem Fluchtversuch aus Alcatraz hätten unsere Chancen nicht schlechter gestanden.

Ich biss die Zähne zusammen und schleppte mich mühsam weiter. Irgendwann musste jemand uns finden. Mechanisch setzte ich einen Fuß vor den anderen und konzentrierte mich darauf, dem Pfleger das Bild Sängers vorzugaukeln.

Was hatte von Thun erzählt? Dieser Messing, der Kerl, der Hitler auf die Idee gebracht hatte, das Projekt Prometheus anzuordnen – er war mit einem Zettel aus einem Schulheft in eine Bank gegangen und hatte dem Kassierer vorgegaukelt, er würde einen Barscheck zur Auszahlung einreichen. Das würde sicher heute noch funktionieren. Man könnte wohl auch Leute manipulieren, die gerade vor einem Geldautomaten standen. Trotz aller Schmerzen und meiner Schwäche konnte ich mir ein Schmunzeln nicht verkneifen. Nie mehr pleite, dachte ich. Wenn ich hier herauskam …

»Herr Professor?« Die Stimme des Pflegers holte mich auf den Boden der Tatsachen zurück. Was dachte ich da nur für einen Schrott! Ich musste mich zusammenreißen. Und ich durfte die Gabe, die mir gegeben war, nicht missbrauchen. »Herr Professor!«

Ich wandte mich ungehalten zu dem Mann um. »Ja, zum Teufel, ich bin doch nicht taub!«

Der Hüne deutete auf eine schwere Holztür. Daneben hing ein Plexiglasschild an der Wand, auf dem PROF. DR. DR. SÄNGER geschrieben stand.

»Ihr Zimmer«, bemerkte der Kerl überflüssigerweise.

»Sie können jetzt gehen«, antwortete ich gereizt. Wenn der Pfleger verschwand, würde er bis ans Ende seiner Tage glauben, dass er den Professor zu seinem Büro geleitet hatte. Ich wusste, dass ich ihn loswerden musste. Meine Konzentration ließ immer mehr nach, und es war nur eine Frage der Zeit, bis ich einen Fehler machte und der Pfleger erkannte, wen er wirklich aus dem Krankenzimmer geholt hatte. Dann würde mir keine andere Wahl bleiben, als den Mann niederzuschießen.

»Sind Sie sicher?«, fragte er vorsichtig.

»Ich werde jetzt ein Glas Wasser trinken, meine Pillen nehmen und ein wenig verschnaufen«, antwortete ich. »Dann wird es mir schon wieder besser gehen. Im Zweifelsfall habe ich ja auch noch Frau Doktor Bergmann bei mir. Sie sehen, ich bin in guten Händen.« Ich bemühte mich um einen freundlichen Tonfall, um alle Bedenken des Pflegers zu zerstreuen. »Gehen Sie jetzt wieder Ihrer Arbeit nach. Sie haben mir sehr geholfen, aber ich komme jetzt wirklich wieder allein zurecht. Ich gehöre ja schließlich noch lange nicht zum alten Eisen.«

Ich lachte gezwungen. In meinen Ohren hörte es sich schal und falsch an. Den letzten, anbiedernden Spruch hätte ich mir wohl besser verkniffen, aber der Hüne lächelte und wandte sich tatsächlich zum Gehen. Eigentlich hätte ich auch einfach seine Gedanken manipulieren können, dachte ich. Ich musste mich wohl noch daran gewöhnen, dass ich von nun an in einer Welt voller ungeahnter neuer Möglichkeiten lebte.

»Was hast du mit dem gemacht?«, flüsterte Ellen, als der Pfleger sich ein Stück den Gang hinunter entfernt hatte.

»Das erkläre ich dir später«, gab ich schulterzuckend zurück. »Ich ... ich war in seinen Gedanken ... Ich kann es selbst noch nicht ganz erklären.«

Ich spürte, dass jemand hinter der Tür auf uns wartete. Sänger! Er hatte absichtlich dafür gesorgt, dass uns niemand mehr in die Quere kam. Er hatte gewusst, dass wir hierher kommen würden!

Konnte ich auch die Gedanken des Professors spüren, oder war das nur Wunschdenken? Entschlossen drückte ich die breite Türklinke herab. Das Zimmer war nicht verschlossen. Ein muffiger Geruch schlug mir entgegen: der Geruch des Alters, eines Körpers, dem fast schon ein Hauch des Grabes anhaftete.

Der Tür gegenüber stand ein wuchtiger Schreibtisch. Eine altmodische Tischlampe mit grünem Glasschirm tauchte das Zimmer in gedämpftes Licht – der Strom war also doch nicht ausgefallen! Man hatte das Licht in den Fluren absichtlich ausgeschaltet.

Hinter dem Schreibtisch thronte Sänger in einem großen Ledersessel. Als Ellen und ich den Raum betraten, klatschte er müden Beifall.

»Fast wie in Mary Wollstonecraft Shelleys ›Frankenstein‹«, spottete er. »Das Monster stellt seinen Schöpfer zum Show-down.« Der Professor verzog seine schmalen Lippen zu seinem Sichellächeln. Seine Stimme klang seltsam undeutlich, so als spräche er mit einem Kaugummi im Mund. »Nur dass wir uns nicht im ewigen Eis begegnen. Der vollständige Titel ihres Romans ist übrigens ›Frankenstein oder Der moderne Prometheus‹. Wirklich ein bemerkenswertes Buch … Du warst mein neuer Prometheus, Frank. Ich hatte geahnt, dass Rudolf und Manfred, die beiden Pfleger, dich nicht aufhalten könnten. Eher hatte ich da schon auf Judith gesetzt … Aber es kommt, wie es wohl kommen musste.« Der alte Mann deutete auf zwei Stühle, die vor dem Schreibtisch standen. »Entschuldigt, ich vergesse meine Umgangsformen. Nehmt doch bitte Platz.«

Ich war fest entschlossen, mich dieses Mal nicht von den Worten des Alten einlullen zu lassen, und richtete die Mündung des Schrotgewehrs auf den Professor.

»Fühlst du dich jetzt wie der Held in irgendeinem billigen Hollywoodschinken?«, lächelte Sänger. »Du hast eine schöne Frau gerettet, der Schurke ist dir hilflos ausgeliefert, und es dauert nur noch wenige Augenblicke bis zum Abspann. Es fehlt nur noch, dass der Schurke seine Verbrechen bereut oder um sein Leben bettelt. Aber wenn du das von mir erwartest, muss ich dich leider enttäuschen. Was ich getan habe, habe ich aus Überzeugung getan. Wie ich schon sagte, Frank: Die Welt ist nicht nur schwarz und weiß. Vielleicht wird man mich in ein paar Jahrzehnten als einen der größten Männer des zwanzigsten Jahrhunderts verehren. In einer Reihe mit Albert Einstein, dem Wegbereiter der Atombombe, was man ihm nie sonderlich nachgetragen hat, außer vielleicht in Hiroshima. Das Gleichgewicht des Schreckens hat der Welt ein halbes Jahrhundert relativen Friedens geschenkt. Der Friede, den ich bringe, wird länger anhalten, und er beruht nicht darauf, dass man der ganzen Welt mit dem Untergang droht. Und was den Tod angeht …« Der Alte schüttelte den Kopf. »Mir ist seit vielen Jahren klar, dass ich den erfolgreichen Abschluss des Projekts Prometheus nicht erleben werde. Seitdem habe ich meinen Frieden mit dem Sensenmann. Ich freue mich über jede Stunde, die mir geschenkt wurde, aber ich bin seit langem bereit zu gehen.«

»Warum Judith?«, presste ich hervor.

Der Alte breitete die Hände aus und warf einen flüchtigen Blick auf eine Digitaluhr, die auf seinem Schreibtisch stand. Es war 13.45 Uhr. Ich wunderte mich ein wenig, dass es schon so spät war, aber dass ich mein Zeitgefühl verloren hatte, war eigentlich nichts Neues. Schließlich war ich seit Stunden nicht mehr in einem Zimmer gewesen, in dem es ein Fenster gab, geschweige denn an der frischen Luft.

»Judith. Ich dachte, sie würde dir gefallen. Sie ist in eine Therapie gegangen. Der behandelnde Arzt hat dabei die Blockade gebrochen, die sie vor schlimmen Erinnerungen schützen sollte«, antwortete Sänger zynisch. »Sie kam hierher. Sie war voller Idealismus. Sie war bereit, alles dafür zu geben, um in Zukunft in einer Welt ohne Kriege zu leben. Sie hatte gestern Abend den Auftrag, etwas von deinem Samen sicherzustellen. Eine Aufgabe, die sie mit aller Hingabe geleistet hat. Mit einem Schlafmittel in deiner Cola war sichergestellt, dass du nach dem Liebesakt nicht mehr allzu lange wach sein würdest.«

Ich starrte den Professor mit weit aufgerissenen Augen an. Das klang nach … Samenraub?!

»Sie sind ein perverses, altes –«

»Ich denke nur rational«, fiel der Greis mir ins Wort. »Liebe! Darum wird zu viel Aufhebens gemacht. Im Grunde geht es dabei doch nur darum, ein paar Körperflüssigkeiten auszutauschen und den Fortbestand der menschlichen Rasse zu gewährleisten. Sicher, romantische Schwärmer machen unglaublich viel Bohai um diese Sache, aber im Grunde geht es doch nur darum, dass ein paar Hormone ausgeschüttet werden. Ein bisschen Biochemie. Das ist der ganze Zauber. Das alles ist so planbar. Ich habe schon deine Großeltern miteinander verkuppelt. Stell dir eine Klasse vor, in der ein Lehrer einen Jungen und ein Mädchen ganz offensichtlich ungerecht behandelt, weil er sie aus irgendeinem Grund nicht mag. Dauernd bekommen die beiden Strafarbeiten auf, sie müssen gemeinsam nachsitzen …« Sänger grinste boshaft. »Einen gemeinsamen Feind zu haben, das verbindet. Man kommt sich näher. Der Rest ist Biochemie … So viel zur Liebe.«

»Sie … Sie haben uns gezüchtet, wie Meerschweinchen«, stammelte Ellen fassungslos.

»Genau das.« Der Alte nickte. »Du bist ein Kind der dritten Generation. Das war das eigentliche Ziel der Schule in dieser Burg. Euch zu züchten. Dafür zu sorgen, dass die Träger der wertvollen Erbanlagen, die eine besondere geistige Begabung beinhalteten, sich miteinander paaren. Bedauerlicherweise kam es zu vielen Fehlgeburten und missgestalteten Kindern. Ein paar eurer Verwandten habt ihr vielleicht im Anatomiesaal gesehen. Ärgerlicherweise ist die Geburtenfolge bei Menschen sehr lang, und seit Beginn des Projekts sind unsere Probanden kontinuierlich weniger geworden. Nach dem Zwischenfall mit Miriam mussten wir die Burg und die Schule aufgeben. Aber was zunächst wie ein Fluch aussah, hat sich langfristig als sehr nützlich erwiesen. Wir haben unsere Forschungsanstrengungen verlagert. Die vierte Generation fiel aus, weil ihr auf andere Schulen gingt, als ihr im zeugungsfähigen Alter wart und wir euch nur noch bedingt manipulieren konnten. Im Übrigen hätten sechs Probanden ohnehin zunächst einmal nur drei Kinder zur Welt bringen können. Das war zu wenig, um unsere Forschungen auch in Zukunft sinnvoll fortsetzen zu können. Deshalb haben wir uns entschlossen, das Problem sozusagen bei der Wurzel zu packen.« Wieder lächelte er. »Schon bei der Geburt trägt eine Frau die Keime für alle Eier, die jemals in ihr reifen werden, in sich. Wir haben eine Methode entwickelt, diese Eier vor der Zeit reifen zu lassen. Deshalb die Eingriffe bei Judith, Ellen und Maria. Ihre Eileiter mussten geborgen werden. Die vierte Generation wird nicht aus drei Kindern, sondern aus Hunderten von Kindern bestehen. Das ist genug, um die Basis für ein neues, besseres Menschengeschlecht zu legen.«

»Sie sind verrückt«, murmelte ich fassungslos. Ich weigerte mich zu glauben, was Sänger da erzählte. »Das ist doch …«

»Moralisch verkommen?« Sänger rümpfte die Nase und schüttelte entschieden den Kopf. »Im Gegenteil. Ich denke nur an das Ziel. Im Übrigen gibt es in den Slums dieser Welt Millionen von Frauen, die ohne zu zögern bereit sind, für läppische fünftausend Dollar ein befruchtetes Ei auszutragen und ein fremdes Kind in sich reifen zu lassen. Und es gibt auch genügend Staaten, die keine allzu strengen Kontrollen durchführen, wenn man eine Eliteschule gründet, die auch für die Kinder der eigenen Eliten frei zugänglich ist. Die vierte Generation wird die Generation werden, die für immer die Geschichte der Menschheit verändert. Darüber hinaus hast du guten Grund, stolz zu sein, Frank. Die meisten von ihnen werden dank deiner Samenspende und der Samenzellen, die wir aus deinen Hoden gewinnen konnten, deine Söhne und Töchter sein. Sie werden deine außergewöhnliche Begabung in sich tragen. Nach dem Elektroschock haben wir dich ruhig gestellt und noch einmal eine Computertomographie deines Hirns erstellt. Du hast im Laufe dieser Nacht eine wirklich bemerkenswerte Veränderung durchgemacht. Was immer dieser Tumor ist, der sich bisher bei all meinen Begabten ausgebildet hat, es ist kein Krebs. Jedenfalls keine Sorte Krebs, die der Medizin bislang bekannt wäre. Er ist in dieser Nacht gewaltig gewachsen, und es ist etwas geschehen, was eigentlich unmöglich ist: Dieses Gebilde ist mit deinem Gehirn verschmolzen. Es ist … aufgenommen worden. Ich kann dafür nicht ganz die richtigen Worte finden. Um mich präziser ausdrücken zu können, hätte ich dein Hirn sezieren müssen. Die Resultate wären gewiss eine Sensation für die Wissenschaft gewesen. Aber dazu wird es ja nun nicht mehr kommen.«

Bei den letzten Sätzen hatte der Professor den Eindruck gemacht, als fühle er sich tatsächlich persönlich beleidigt, was ich als überflüssigen letzten Beweis dafür wertete, dass er vollkommen wahnsinnig war. Dieser egozentrische zerknitterte Greis nahm es mir tatsächlich persönlich übel, dass ich ihm nicht ohne weiteres mein Hirn überließ, damit er es in Scheiben schneiden konnte!

»Frank!« Ellens Stimme klang plötzlich schrill. »Die Uhr«, sagte sie. »Damit stimmt etwas nicht!«

Ich warf einen kurzen Blick auf die digitale Anzeige. 7:36, 7:35, 7:34 …

Sänger lachte kurz auf. »Bedauerlicherweise wird niemand mehr dein Hirn anschauen«, stellte er fest. »Die Burg und auch der Neubau sind mit mehreren Tonnen Sprengstoff vermint. Da man meine Forschungen nicht verstanden hätte, wollte ich nicht, dass diese Anlage jemals in falsche Hände gerät. Als du den Pfleger Rudolf dazu gebracht hast, seinen Kollegen zu erschießen, und Judith tot war, habe ich befohlen, die Anlage zu räumen. Eier und Samen wurden aufgeteilt. Wir unterhalten noch mehrere kleine Labors. Bis Ende der Woche wird man bereits die ersten Leihmütter befruchtet haben.«

Ich legte das Gewehr an. Dieses verdammte Ungeheuer! Ich würde sein krankes Hirn in so winzige Teilchen zerspringen lassen, dass nicht einmal mehr die Maden Gefallen daran finden würden. Ich würde –

Ein leises Knirschen zog seine Aufmerksamkeit auf sich. Sänger lächelte breit.

»Eine kleine Glasphiole mit Zyankali«, erklärte er. Ich wollte nicht, dass du über mein Ende bestimmst. Meine letzte Aufgabe war es, dich so lange wie möglich aufzuhalten. Du ...« Der Greis krümmte sich im Krampf. »Du durftest die Anlage auf keinen Fall verlassen ...«

Noch immer lächelnd sank er vornüber. Sein lebloser Kopf schlug mit einem dumpfen Knall auf der Tischplatte auf.

Ich griff nach Ellens Hand. »Komm!«, schrie ich.

Die Rothaarige schüttelte schwach den Kopf. »Ich kann nicht mehr ... Mein Bauch«, wehrte sie ab. »Du musst ...«

Ich ließ sie nicht ausreden, sondern zerrte sie einfach mit mir mit aus dem kleinen Büro hinaus. Wir hatten keine Zeit zu diskutieren. Wir stürmten den Gang hinab, bis wir die Aufzugsschächte wieder erreichten. Hinter der Stahltür verbarg sich zu meiner Erleichterung tatsächlich eine Treppe. Die grauen Betonstufen im Schacht schienen bis in den Himmel hinaufzureichen. Leise fluchend begann ich, sie hinaufzustürmen, und zog Ellen einfach immer weiter mit mir mit. Die junge Ärztin wimmerte und hielt die linke Hand fest auf den Bauch gepresst, als befürchtete sie, ihre Gedärme würden aus der frisch vernähten Wunde hervorquellen, wenn sie die Hand entfernte. Wahrscheinlich fühlte sie sich ganz genauso, und wenn der Teufel es wollte, dachte ich als absoluter medizinischer Laie, dann war es vielleicht durchaus möglich, dass ganz genau das geschah. Wie viel Zeit blieb uns wohl noch? Die Treppe über uns schien einfach kein Ende zu nehmen. Wir passierten eine weitere Stahltür. Ich verzichtete darauf, sie zu öffnen, denn wenn die Schalttafel am Aufzug stimmte, dann waren wir mindestens vier Etagen weit unter der Erde.

Stolpernd kämpften wir uns weiter in die Höhe. Erst drei Treppenabsätze weiter folgte die nächste Tür, die aber anders als die anderen in einem grellen Gelb lackiert war. TG stand in schwarzen Buchstaben darauf geschrieben. Tiefgarage?

Ich stieß die Stahltür auf. Dahinter lag eine Parkebene. Auch hier brannte nur die Notbeleuchtung. Bis auf zwei kleine Lieferwagen war das Parkdeck leer.

»Wir sind tot!«, hechelte Ellen atemlos. »Jeden Moment muss hier alles explodieren.«

Ich eilte auf den ersten der Wagen zu und schlug mit dem Gewehrkolben die Scheibe der Fahrertür ein. Mit langen Fingern tastete ich nach dem Türöffner, wobei ich das zersplitterte Glas des Fensters, das mir dabei in den Unterarm schnitt, einfach ignorierte. Klackend sprang die Tür schließlich auf, und ich riss die Beifahrertür auf.

»Steig ein!«, brüllte ich.

»Wir haben keine Schlüssel«, erwiderte Ellen, gehorchte aber trotzdem mit einem Ausdruck der Resignation auf dem Gesicht.

Ich eilte um den Wagen, öffnete hektisch die Fahrertür und griff nach den Kabeln unter dem Lenkrad, um daran zu zerren. »Manche Jugendsünden zahlen sich aus«, antwortete ich und schlug zwei Kabel aneinander.

Blaue Funken glühten im Zwielicht der Garage auf. Dann sprang der Wagen an, und ich warf mich mit einem Anflug von kurzfristiger Erleichterung auf den Fahrersitz und trat das Gaspedal durch. Die Scheinwerfer des Lieferwagens schnitten durch die Dunkelheit. Irgendwo hinter uns erklang ein dumpfes Donnern.

Mit quietschenden Reifen schossen wir die Auffahrt hinauf, die sich in weiten Spiralen nach oben wand. Ich musste etwas vom Tempo zurücknehmen, um nicht gegen die Betonwände zu schrammen, was mir nicht leicht fiel, denn selbst im Wagen war deutlich zu spüren, wie der Boden unter uns erzitterte. Betonstaub rieselte von der Decke. Wieder ertönte das Donnern – näher und bedrohlicher diesmal.

Eine gelb und schwarz gestreifte Schranke versperrte die Ausfahrt. Ich trat das Gaspedal wieder bis zum Anschlag durch, und der Wagen machte einen Satz nach vorne. Splitternd flog die Schranke zur Seite.

Das grelle Licht eines Sommernachmittags traf mich wie ein Schlag. Alles verschwamm für einen kurzen Moment vor meinen Augen, blinzelnd versuchte ich, den kleinen Lieferwagen in der Spur zu halten. Ich durfte jetzt nicht langsamer werden. Wie Hagel prasselten Steinsplitter auf den Wagen herab, und hinter uns erklang eine Detonation mit ohrenbetäubender Wucht. Die Druckwelle erfasste den Lieferwagen und drückte ihn aus der Spur, wie der Schlag eines riesigen, unsichtbaren Hammers. Funken stoben auf, als die Fahrerseite an der Betonmauer der langen Ausfahrt entlangschrammte.

Der asphaltierte Einfahrtsweg zum Firmengelände führte auf ein großes stählernes Schiebetor zu. Dort würden wir niemals hinauskommen! Der Wagen vermochte die Flügel nicht aufzustoßen, und ich war viel zu schwach, um es kletternd zu überwinden, von Ellen ganz zu schweigen! Ich riss das Lenkrad herum. Holpernd preschten wir durch eine nach japanischem Vorbild gestaltete, gepflegte Gartenlandschaft mit breiten Kiesbetten, als ein faustgroßer Betonbrocken durch die Windschutzscheibe flog und zwischen uns hindurch auf die Rückbank polterte. Ellen schrie auf, und aus ihrer Stimme klang nicht nur Schrecken, sondern auch schrecklicher Schmerz. Aus den Augenwinkeln nahm ich wahr, dass das Geschoss die Ärztin gestreift hatte. Ihre linke Schulter war kaum mehr als ein blutiger Klumpen Fleisch, aber sie lebte, und ich musste dafür sorgen, dass das noch lange so blieb.

Rings um uns herum schlugen Betonbrocken wie ein Granatfeuer ein, schwarze Rauchschwaden zogen wie Schleier durch die Gartenlandschaft.

Der Wagen walzte einen Maschendrahtzaun nieder. Wenige Meter später gelangten wir auf die Straße, die zum Burgberg hinaufführte. Noch immer schlugen ringsherum kleine und große Betonklumpen auf. Im Rückspiegel konnte ich die Burg erkennen. Ein Rauchkegel stand über der alten Festungsanlage. Wie in Zeitlupe neigte sich der massige Burgfried zur Seite und rutschte dann in einer alles vernichtenden Lawine den Hang hinab.

Sänger ist gründlich gewesen, dachte ich bitter, während ich in halsbrecherischem Tempo die Straße in Richtung Dorf fuhr. Von der Burg und den Laboren würde so gut wie nichts übrig bleiben. Alles war vernichtet oder würde unter hunderten Tonnen von Stein begraben sein. Es würde ein Vermögen kosten, wenn man versuchte, den Schutt beiseite zu räumen, und diese Mühe würde sich niemand machen. Man würde irgendeine Geschichte erfinden und verbreiten. Vielleicht, dass ein altes Munitionslager aus dem Krieg explodiert wäre. Sängers Mitstreiter würden sicherlich ganze Arbeit leisten, wenn es darum ging, zu verschleiern, was in der Burg geschehen war.

Und irgendwo – vielleicht gar nicht weit von hier – würden noch in dieser Nacht die ersten Eizellen befruchtet. Die vierte Generation. Sie würde die Welt verändern. Und die meisten Menschen würden es nicht einmal bemerken. Im Gegenteil: Die Welt würde friedlicher werden. Sie würden ein wenig Zeit brauchen, um die Welt zu verändern. Aber wahrscheinlich nicht sehr viel. Noch dreißig oder vierzig Jahre, und niemand mit Verantwortung würde sich noch sicher sein können, dass er seine Entscheidungen wirklich aus freiem Willen traf. Doch auch das würde wohl kaum jemand bemerken. Wer stellte schon Fragen, wenn ein Diktator vor laufender Kamera während einer Festrede Selbstmord beging? Von außen betrachtet, würde es einfach nur so aussehen, als würde die Welt immer perfekter, so als habe sich endlich die Vernunft durchgesetzt.

Mein Blick suchte noch einmal den rechteckigen Rückspiegel. Man würde Ellen und mich für tot halten. Wir durften nicht an die Presse gehen. Niemand würde uns glauben! Wir mussten im Geheimen vorgehen, um die Entstehung dieser scheinbar vollkommenen Welt zu verhindern. Und wir würden bei dem grünen Teufel anfangen. Von Thun würde sicher einige der Hintermänner kennen – das war der erste Schritt.

Ich würde diese unvollkommene Welt so erhalten, wie sie war, schwor ich mir.

ENDE